劫中得书二记

郑振铎 著

新校本

九 州 出 版 社
JIUZHOUPRESS | 全国百佳图书出版单位　　台海出版社

图书在版编目（CIP）数据

劫中得书二记：新校本 / 郑振铎著．－－北京：九州出版社，
2025.4．－－ISBN 978-7-5225-3833-4

Ⅰ．I266

中国国家版本馆 CIP 数据核字第 202582EU78 号

劫中得书二记：新校本

作　　者	郑振铎　著
责任编辑	沧　桑
出版发行	九州出版社
地　　址	北京市西城区阜外大街甲 35 号（100037）
发行电话	（010）68992190/3/5/6
网　　址	www.jiuzhoupress.com
印　　刷	鑫艺佳利（天津）印刷有限公司
开　　本	880 毫米×1230 毫米　32 开
印　　张	6.75
字　　数	135 千字
版　　次	2025 年 8 月第 1 版
印　　次	2025 年 8 月第 1 次印刷
书　　号	ISBN 978-7-5225-3833-4
定　　价	48.00 元

出版说明

　　"吾生也有涯，而知也无涯"，近世以来，学术发展迅速，成果蔚然大观。为读者出版一套优质的人文社科经典著作，是我们出版人的责任。为此，我社系统梳理近代以来中国学术史，优中选优，出版这套"大家丛书"。

　　在版本选择上，我们甄选现存版本中校勘精良、内容完备的本子为底本；又组建专业编校团队，对每部著作精心整理。凡遇疑误之处，必参校多个重要版本互相比对，并查阅相关史料文献，审慎订正。

　　丛书装帧设计典雅大方，既便于阅读，又适宜收藏，希望得到广大读者的认可。

九州出版社

目　录

新　序

　　《劫中得书记》和《劫中得书续记》曾先后刊于开明书店的《文学集林》里。友人们多有希望得到单行本的。开明书店确曾排印成书，但不知何故，并没有出版。这次，到了上海，在旧寓的乱书堆里，见到这部书的纸型，也已经忘记了他们在什么时候将这副纸型送来的。殆因劫中有所讳，不能印出，遂将此纸型送到我家保存之耳。偶和刘哲民先生谈及。他说，何不在现在将它出版呢？遂将这副纸型托他送给上海古典文学出版社，看看可否印行。在我回到北京后不久，他们就来信说，想出版这部书，并将校样寄来。我仔细地把这个校样翻读了几遍，并校改了少数的"句子"和错字。像翻开了一本古老的照相簿子，惹起了不少酸辛的和欢愉的回忆。我曾经想刻两块图章，一块是"狂胪文献耗中年"，一块是"不薄今人爱古人"。虽然不曾刻成，实际上，我的确是，对于古人、今人的著作，凡稍有可取或可用的，都是"兼收博爱"的。而在我的中年时代，对于文献的确是十分热中于搜罗、保护的。有时，常常做些"举鼎绝膑"的事。虽力所不及，也奋起为之。究竟存十一于千百，未必全无补也。我不是一个藏书家。我从来没有想到为藏书而藏书。我之所以收藏一些古书，完全是为了自己的研究方便和手头应用所需的。有时，连类而及，未免旁骛；也有时，兴之所及，便热中于某一类的书的搜集。总之，是为了自己当时的和将来的研究工作和研究计划所需的。因之，常常有"人弃我取"之举。在三十多年前，除了少数人之外，谁还注意到小说、戏曲的书呢？这一类"不登大雅之堂"的古书，在图书馆里是不大有的。我不得不自己去搜访。至于弹词、宝卷、大鼓词和明清版的插图书之类，则更是曲"低"和寡，非自己买便不能从任何地方借到的了。常常舍去大经大史和别处容易借到的书而搜访于冷摊古肆，以求得一本两本自己所需要的东西。常有藏书家们所必取的，我则望望然去而之他。像某年在上海中国书店，见到有一部明代蓝印本的《清明集》和一部清代梁廷枏的《小四梦》同时放在桌上，其价相同。《清明集》是古代的一部重要的有关法律的书，"四库"存目，外间流传极少，但我则毅然舍去之，而取了《小四梦》。以《小四梦》是我研究戏剧史所必需的资料，而《清明集》则非我的研究范围所及也。像这样舍熊掌而取鱼的例子还有不少。常与亡友马隅卿先生相见，他是在北方搜集小说、戏曲和弹词、鼓词等书的，取书共赏，相视而笑，莫逆于心，颇有"空谷足音"之感。其后，注意这类书者渐多，继且成为"时尚"，我便很少花时间再去搜集它们了。但也间有所得。坊友们往往留以待我，其情可感。遂也不时购获若干。谁都明白：文献图书是进行科学研究的必需的工具之一。过去，图书文献散在私家，奇书异本，每每视为珍秘，不轻示人。访书之举，便成为学士大夫们的经常工作。王渔洋常到慈仁寺诸书店，盛伯希、傅沅叔诸君，几无日不坐在琉璃厂古书肆里。今非昔比，大大小小的公共图书馆，研究机关、学校、专业部门的图书馆，访书之勤，不下于从前的学者们。非自己购书不可的艰辛的日子，已经一去不复返了。今天从事于科学研究者们是完全可以依靠各式各样的图书馆而进行工作的了。访书之举，便将从此不再是专家们所应该做的功夫之一了么？不，我以为不然！我有一个坏脾气，用图书馆的书，总觉得不大痛快，一来不能圈圈点点，涂涂抹抹，或者折角划线做记号；二来不能及时使用，"急中风遇到慢郎中"，碰巧那部书由别人借走了，就只好等待着，还有其他等等原因。宁可自己去买。不知别的人有没有和我有这个同样的癖习？我还以为，专家们除了手头必备的专门、专业的大量的参考书籍之外，如有购书的癖好，却也是一个很好的癖好。有的人玩邮票，有的人收碎磁片，有的人爱打球，有的人好听戏，好拉拉小提琴或者胡琴。有的人就不该逛逛书摊么？夕阳将下，微飔吹衣，访得久觅方得之书，挟之而归，是人生一乐也！我知道，有这样癖好的人很不少。我这部《得书记》的出版，对于有访书的癖好的人，可能会有些"会心"之处。《得书记》所记的只是一时的、一地的且是一己的事。天下大矣，即就一时一地而论，所见的书，何止这些。只能说是，因小见大，可窥一斑而已。又在《得书记》里，有几则文字是应该改动的。因为用的是旧纸型，不便重写，故在这里改正一下：（一）《得书记》第五十三则"至大重修宣和博古图"里，说我所得的那部"残本"是"元刊本"。这话是错的。今天看来，恐仍是明嘉靖间蒋旸的翻刻本。向来的古书肆，每将蒋序撕去，冒充作元刊本。（二）《得书记》第八十六则"陈章侯水浒叶子"里，说起，我所得的那部水浒叶子是黄子立的原刻本。其实，它仍是清初的翻刻本。潘景郑先生所藏的那一部才是真正的原刻本。那个本子后来也归了我。曾仔细地对看了几遍，翻刻本虽有虎贲中郎之似，毕竟光彩大逊。（三）《得书续记》第十则"琅嬛文集"里，说：张宗子的许多著作，都无较古的刻本。其实不然。近来曾见到清初刻本的《西湖梦寻》，刻得极精。其他书，恐怕也会有较早的本子，只是没有见到耳。

　　　　　　　　　　一九五六年八月七日郑振铎序于青岛

　　（此"新校本"未收附录，故对"新序"做了相应删节！——新校者注）

劫中得书记

序

凤凰从灰烬里新生
金赤的羽毛更光彩灿烂

——见 The Physiologus，及 Herodotus（ii.73），
Pliny（*Nat hist*.x.2）Tacitus（*Ann*.vi. 28）

余聚书二十余载，所得近万种。搜访所至，近自沪滨，远逮巴黎、伦敦、爱丁堡。凡一书出，为余所欲得者，苟力所能及，无不竭力以赴之，必得乃已。典衣节食不顾也。故常囊无一文，而积书盈室充栋。每思编目备检。牵于他故，屡作屡辍。然一书之得，其中甘苦，如鱼饮水，冷暖自知。辄识诸书衣，或录载簿册，其体例略类黄荛圃藏书题跋。大抵余之收书，不尚古本、善本，唯以应用与稀见为主。孤罕之本，虽零缣断简亦收之。通行刊本，反多不取。于诸藏家不甚经意之剧曲、小说，与夫宝卷、弹词，则余所得独多。诗词、版画之书，印度、波斯古典文学之译作，亦多入皮架。自审力薄，未敢旁骛。"一·二八"淞沪之役，失书数十箱，皆近人著作。"八一三"大战爆发，则储于东区

之书，胥付一炬。所藏去其半。于时，日听隆隆炮声，地震山崩，心肺为裂。机枪拍拍，若燃爆竹万万串于空瓮中，无瞬息停。午夜伫立小庭，辄睹光鞭掠空而过，炸裂声随即轰发，震耳为聋。昼时，天空营营若巨蝇者，盘旋顶上，此去彼来。每一弹下掷，窗户尽簌簌摇撼，移时方已，对语声为所暗哑不相闻。东北角终日夜火光熊熊。烬余焦纸，遍天空飞舞若墨蝶。数十百片随风堕庭前，拾之，犹微温，隐隐有字迹。此皆先民之文献也。余所藏竟亦同此蝶化矣。然处此凄厉之修罗场，直不知人间何世，亦未省何时更将有何变故突生。于所失，殆淡然置之。唯日抱残余书，祈其不复更罹劫运耳。收书之兴，为之顿减。实亦无心及此也。而诸肆亦皆作结束计，无书应市。通衢之间，残书布地，不择价而售。亦有以双篮盛书，肩挑而趋，沿街叫卖者。间或顾视，辄置之，无得之之意。经眼失收者多矣。书籍存亡，同于云烟聚散。唯祝其能楚弓楚得耳。战事西移，日月失光，公私藏本被劫者渐出于市。谢光甫氏搜求最力，所得独多。余迫处穷乡，栖身之地，日缩日小；置书之室，由四而三而二；梯旁榻前，皆积书堆。而检点残藏，亦有不翼而飞者，竟不知何时失去。然私念大劫之后，文献凌替，我辈苟不留意访求，将必有越俎代谋者。史在他邦，文归海外，奇耻大辱，百世莫涤。因复稍稍过市。果得丁氏所藏《脉望馆钞校本古今杂剧》六十四册，归之国库。复于来青阁得丁氏手钞零稿数册。友人陈乃乾先生先后持明刊《女范编》《盛明杂剧》及孙月峰朱订《西厢记》来。余竭阮囊，仅得《女范编》与

《西厢记》。而于《盛明杂剧》虽酷爱之，却不果留矣。乃乾云：有李开先刊元人杂剧四种，售者索金六百。余力有未逮，竟听其他售。至今憾惜未已。中国书店收得明刊方册大字本《西厢记》，附图绝精，亦归谢氏。但于戊寅夏秋之交，余实亦得隽品不鲜。万历版《蓝桥玉杵记》，李玄玉撰《眉山秀》《清忠谱》，程穆衡《水浒传注略》，螺冠子《咏物选》，冯梦龙《山歌》，萧尺木《离骚图》以及《宣和谱》《芙蓉影》《乐府名词》等，皆小品中之最精者，综计不下三十种。于奇穷极窘中有此收获，亦殊自喜。然其间艰苦，绝非纨绔子弟、达官富贾辈，斤斤于全书完阙，及版本整洁与否者，所能梦见。及今追维，如嚼橄榄，犹有余味。每于静夜展书快读，每书几若皆能自诉其被收得之故事者，盖足偿苦辛有余焉。今岁合肥李氏书，沈氏粹芬阁书散出。余限于力，仅得《元人诗集》(潘是仁刊本)以及《古诗类苑》《经济类编》《午梦堂集》《农政全书》与万历版《皇明英烈传》等二十余种。初，有明会通馆活字本诸臣奏议者，由传新书店售予平贾，得九百金。而平贾载之北去，得利几三数倍。以是南来者益众，日搜括市上。遇好书，必攫以去。诸肆宿藏，为之一空。沪滨好书而有力者，若潘明训、谢光甫诸氏皆于今岁相继下世。余好书者也，而无力。有力者皆不知好书。以是精刊善本日以北，辗转流海外，诚今古图书一大厄也。每一念及，寸心如焚。祸等秦火，惨过沦散。安得好事且有力者出而挽救劫运于万一乎？昔黄黎洲保护藏书于兵火之中，道虽穷而书则富。叶林宗遇乱，藏书尽失。后居虞山，益购书，倍多于前。今时非彼时，而将来建国之业必倍需文献之供应。故余不自量，遇书必救，大类愚公移山，且将举鼎绝膑。而夏秋之际，外境日艰。同于屈子孤吟，众醉独醒。且类曾参杀人，三人成虎。忧谗畏讥，不可终日。心烦意乱，孤愤莫诉。计唯洁身而退，咬菜根，读《离骚》耳。乃发愿欲斥售藏书之一部，供薪火之资。而先所质于某氏许之精刊善本百二十余种，复催赎甚力。计子母须三千余金。不欲失之，而实一贫如洗。彷徨失措，踌躇无策。秋末，乃以明清刊杂剧传奇七十种，明人集等十余种归之国家，得七千金。曲藏为之半空。书去之日，心意惘惘。大似某氏之别宋版《汉书》，李后主之挥泪对宫娥也。然归之分藏，相见有日，且均允录副，是失而未失也。为之稍慰戚戚。立持金取得质书。自晨至午，碌碌不已。然乐之不疲。若睹阔别之契友，秋窗剪烛，语娓娓不休。摩挲数日夜，喜而忘忧。而囊有余金，结习难忘，复动收书之兴。兹所收者乃着眼于民族文献。有见必收，收得必随作题记。至冬初，所得凡八九百种。而余金亦尽。不遑顾及今后之生计何若也。但恨金少，未能尽救诸沦落之图籍耳。每念此间非藏书福地。故前后所得，皆寄庋某地某君所。随得随寄，未知何日再得展读。因整理诸书题记，汇为数册，时一省览，姑慰相思。夫保存国家征献，民族文化，其苦辛固未足埒坚陷阵、舍生卫国之男儿，然以余之孤军与诸贾竞，得此千百种书，诚亦艰苦备尝矣。唯得之维艰，乃好之益切。虽所耗时力，不可以数字计，然实为民族效微劳，则亦无悔！是为序。

离 骚 图

萧云从绘　十卷三册　清顺治二年刊本

　　余初得罗振常复印陈萧二家绘《离骚图》四册，以未见陈章侯、萧尺木二氏原刊本为憾。后于中国书店得陈氏绘《九歌图》初印本，须发细若轻丝，黑如点漆，大胜罗氏所据之本。然于萧氏书则遍访未得。武进陶氏模本《离骚图》出，虽经重绘，甚失原作精神，然明晰却过于罗氏本。民国十九年冬，余至北平，即历访琉璃厂、隆福寺诸肆，搜购古版画书，所得甚多，而于萧氏《离骚图》则未一遇。后二年，乃终于文禄堂得之。价甚昂，《天问图》且阙其半，以陶氏本配全。虽于心未慊，而甚自喜。其衣冠履杖，古朴典重，雅有六朝人画意，若"黄钟大吕之音"，非近人浅学者所能作也。国军西撤后，古籍狼藉市上，罕过问者。三五藏书家，亦渐出所蓄。余以友人之介，获某君所藏《山歌》及《离骚图》。虽亦在朝不保夕之景况中，竟毅然购之，不稍踌躇。一以敬重某君之节概，一亦以过爱此二书也。此本大胜余在平所得者，极初印，且完整不阙。访求近十五年始得其全，一书之难得盖如此；诚非彼有力之徒，得之轻易，而唯资饰架者所能知其甘苦也。尺木为明遗民，故绘《离骚》以见志；仅署"甲子"而不书"顺治"年号。李楷序云："尺木穷甚于洛阳、河东，能以歌呼哭啼尚友乎骚人。惟其有之，是以似之。余于此盖有不忍悉者矣！"清辑《四库全书》时，为补绘《九章》《卜居》诸图，大非尺木原意，而图亦庸俗不足观。陶氏模本首附扉页，有"书林汤复"语，惜此本无之。

童痴二弄山歌

冯梦龙辑　十卷四册　明刊本

　　《童痴二弄山歌》十卷，与《楚辞图》同时自某君处散出。余先得《离骚图》，以《山歌》有新印本，姑置之。然实酷爱此书。明代民歌刊本，传世者绝少，且为冯梦龙所辑，与《挂枝儿》〔童痴一弄〕（？）同为明末民歌集中之最丰富最杰出者，尤不宜失之。因复毅然收入曲藏中。是时，欲得之者不止数人。余几失，而终得，可谓幸矣！《山歌》初为传经堂朱瑞轩所购得，影钞一部，邮致北平顾颉刚先生。友辈传观，诧为罕见。因劝其重印行世。颉刚为之句读，余等均有序。原书则先已归之某君，不意终为余有，可谓遇合有自矣。唯《童痴一弄》之《挂枝儿》，始终未见全书。余所见不足百首，恐不敌原书四之一。不知何日二书方能合璧也。

古今女范

黄尚文编次

四卷四册　明万历三十年刊本

　　乃乾得《古今女范》四册，曾持以示余。图近二百幅，为程伯阳绘，黄应泰、黄应瑞（伯符）昆仲所刊，线条细若毛发，柔如绢丝，是徽派版画书最佳者之一。余渴欲得之，屡以为言，而乃乾不欲见让。后在北平王孝慈先生处亦见此书一部，印本相同。他处则绝未一见。屡访各肆，皆无之。十余年来，未尝瞬息忘此书也。丁丑冬，国军西撤，乃乾忽持此书来，欲以易米。余大喜过望，竭力筹款以应之，殆尽半月之粮，然不遑顾也。斗室避难，有此"豪举"，自诧收书之兴竟未稍衰也。数日后，过中国书店，复于乱书堆中得《女范编》残本三册。

女 范 编

刘某增订本　残存三卷三册

　　此书即黄尚文《古今女范》，残存三册，缺第一卷一册。价奇廉，故复收之。印本较后，程伯阳及黄氏昆仲之署名，皆被挖去，而补入刘金煌、刘玉成、刘振之、刘汝性诸名，盖刘氏得其版而掩为己有者。末又增入《刘宜人》《吴氏节》《天佑双节》《节妇刘氏》《贞烈汪氏》数则，皆与刘氏有关者。但所增数则之图，亦典雅精整，足与黄氏媲美。

水浒传注略

程穆衡撰稿本　　王开沃补　　二卷四册

为章回小说作注者，于此书外，未之前闻。程穆衡引书凡数百种；自《史》《汉》以下至耐得翁《都城纪胜》、吴自牧《梦粱录》，僻书颇多。《水浒》多口语方言，作者于此亦多详加注释，不独着意于名物史实之训诂。故此书之于语言文字研究者亦一参考要籍也。穆衡《自序》云："乃数百年来，从无识者。即自诩能读矣，止窥其构思之异敏，用笔之飞幻。若其炉锤古今，征材浩演，语有成处，字无虚构，余腹笥未可谓俭，然且茫如望洋焉……余为是役，盖直举秘书僻事以发厥奥。俾知奥由于博，斯其为学也大矣。"其用力盖至勤且深。此原稿本未刊。王氏所补数十则，皆分别粘签于其上。余于暮春，偶过来青阁，见此书，即敦嘱留下。后见者数人，皆欲得之。谢光甫先生亦以为言。寿祺问可见让否？余执不可，乃终归于余。彼等皆欣羡不已。余所藏小说注本，未刊者，于《红楼梦微言》外，仅此书耳。宜亟为刊布，俾不没作者苦心。作者所据为金圣叹本，似未见明刊诸本，不无遗憾，然于"天下太平四个青字"条下注云："按

《水浒传》正本不止于此。在梁山泊分金大买市方终耳……乃坊本毅然并此后俱删去，使全书无尾，真成憾事。"并引《录鬼簿》所载高文秀、杨显之、康进之诸《水浒》剧以证"七十卷以后"非"续本"，其识力不可谓不高。

王氏补注中有关于"图像"一条，云："今俗本《水浒传》前有画像，每页一人。此崇祯时陈章侯所图，后人摹之入卷。"余近得雍正刊本《第五才子书》及陈章侯《水浒叶子》，知此语亦确（补记）。

^汪_氏列女传

十六卷八册　明万历间刊知不足斋初印本

　　《汪氏列女传》图绘笔致同汪廷讷之《人镜阳秋》。盖亦万历间徽郡人士所辑也。故书中多叙述徽郡节烈妇女，尤以汪姓为多。知不足斋得此书版片，重为印行，而加注"仇十洲绘图"字样，其实，图非十洲笔。余初得知不足斋后印本，图已模糊。后在中国书店得白绵纸残本二册，每则之后，"汪"字皆尚为墨钉，洵是最初印者。又于杭州某肆得竹纸印残本二册，亦尚为明代初印本。有汪辉祖藏印。携以至平。孝慈见之，赞叹不已，因以贻之。而白绵纸本始终珍秘之。不意人事栗六，竟失所在，遍觅不获。战后，树仁书店以此本求售，价尚廉，且较初印，因复收之。忆竹纸本及白绵纸本，于"烈"部较今本均多出数十则，皆是宋末殉难之妇女。知不足斋本皆去之，殆以违碍故也。惜今不可得而补入矣！余得此书后，不数日，树仁书店不戒于火，存书尽毁，此书以归余，幸免于劫。

朱订 西厢记

孙矿评点　二卷四册　明末诸臣刊本

此朱墨本《西厢记》，题孙月峰评点。余得明刊本《北西厢记》十余种，所见亦多，却绝不知有此本。乃乾以此书及《盛明杂剧》见示。余时正在奇窘中，竭阮囊得此书。以《盛明杂剧》余已藏有残本，且尚有复刻本，不如此书之罕见也。首附图二十页，凡四十幅，殆集明代《西厢》图之大成。其中有从王伯良校注本摹绘者，但多半未之前见。刻工为刘素明，即刻陈眉公评释诸传奇者。绘图当亦出其手。素明每尝署名于图曰"素明作"。明代刻图者多兼能绘事。盖已合绘、刻为一事矣。已与近代木版画作者相类，不仅是"匠"，盖能自运丘壑，匪徒摹刻已也。

宣　和　谱

介石逸叟撰　二卷二册　清康熙间刊本

　　以《水浒传》为题材之杂剧，元明二代最多。高文秀至有黑旋风专家之称。明传奇则有沈璟《义侠记》、许自昌《水浒记》、沈自晋《翠屏山》等，至今传唱不衰。但诸作皆同情于《水浒》英雄，唯《宣和谱》作翻案笔墨（又名《翻水浒》），以王进、栾廷玉、扈成等剿平水浒诸寇为结束。殆受金圣叹腰斩《水浒传》之影响，并又为俞仲华《荡寇志》作前驱。余得之来青阁，甚得意。春夏间，来青阁收得明刊戏曲不少，皆归余，殊感之。

新镌汇选辨真昆山点版 乐府名词

鲍启心校　二卷二册　明万历间岩镇周氏刊本

此书余得于来青阁。从此明刊乐府集又多一种矣。凡选传奇《琵琶记》以下三十四种，散曲《步步娇》"闺怨"（万里关山）以下二十一套。不知何以于散曲后，更杂入《金貂记》传奇一种。所选传奇，中有《四节记》《减灶记》《合璧记》较罕见。然如《京兆记》，则巧立名目，故为眩人，实即汪道昆四剧中之《京兆眉》耳。明人故多此恶习，而于俗本、坊本尤甚。

古今奏雅

无撰人姓名　存卷六一册　明末刊本

此书余亦于来青阁得之。写刻至精，首附图八幅亦小巧玲珑，虽尺幅而有寻丈之势。惜仅残存一卷。不知原书究有若干卷。马隅卿先生亦曾藏有残本一册。惜未记为第几卷。所选皆散曲。此第六卷，为"黄钟调""越调""双调"三种，近九十页。颇疑此书与《怡春锦》等为同类，半选剧曲，半选清曲也。至多八卷而止，似不当更超此数。若全选清曲而有八卷之多，则诚足为南曲选中之一巨帙矣。

眉 山 秀

李玉撰　二卷四册　清顺治十一年刊本

　　李玄玉所著传奇至多，今传世者仅"一人永占"四种耳。此本题"一笠庵新编第七种传奇"，惜其他各种，未能一一发见也。书凡二卷，二十八出，述苏氏父子兄妹事。以《今古奇观》之《苏小妹三难新郎》一话本为依据。明清之际，传奇作家每喜取材于"话本"，此亦其一种。唯所述情节较复杂，范围亦较广耳。首有顺治甲午某氏序，序末署名已被铲去，但有"题于拂水山房"语，当即钱谦益。此书，余得之来青阁。中华书局曾有复印本，易名《女才子》。以其少见，复收之。玄玉传奇，余更有《千钟禄》《太平钱》二种，皆传钞本。原刻本殆极少见。得此，甚自喜也。

韩晋公芙蓉影^{传奇}

西冷长撰　二卷二册　明末刊本

　　此是明末《四梦》盛行时代，佳人才子传奇之一。述韩樵（晋公），与谢鹃娘相遇于道院芙蓉下，缔订姻缘，中经离散，终赖林太傅、卢侍御之维持，韩生得中状元，与鹃娘团圆终老事。全书二卷，三十二出，首附图十二幅，作圆形，与一笠庵原刻本"一人永占"之图相同，皆明末清初流行之版式也。书殊罕见。余得之来青阁。

吴门忠孝传 清忠谱

李玉撰　　二卷二册　　清顺治间刊本

偶过中国书店，唐某持《清忠谱》二册售余，余不论价，立携之归。曲藏中又多一种罕本矣。书为李玄玉作，叙述周顺昌事，而以颜佩韦等五人仗义就戮为关节。今所演《五人义》即其事。首有吴伟业序。盖作于清初者。明代阉寺流毒最久，而以魏阉之祸为尤酷且烈。东林诸贤，遭难之惨，过于汉之党锢。士人无不切齿。崇祯初，客魏失败，立有演其事为传奇小说者，如《喜逢春》等，均传于世。玄玉此作非创笔。题曰："吴门啸侣李玉元玉甫著，同里叶时章雉斐、毕魏万后、朱皠素臣同编。"以其皆为吴人，故独以吴事为题材。词气激昂，笔锋如铁，诚有以律吕作锄奸之概，读之，不禁唾壶敲缺。毕魏，向作毕万侯，今乃知其名魏，字万后，非万侯，此亦重要之发现也。

蓝桥玉杵记

云水道人撰　二卷四册

明万历三十四年浣月轩刊本

末附：《蓬瀛真境》《天台奇遇》二剧

余于来青阁收得明刊戏曲最多；战后半载间，寿祺凡有所得必归之余。戊寅秋日，寿祺电告余，收得明刊白绵纸本《蓝桥玉杵记》，末并附杂剧二种。余立即驱车至来青阁，细阅一过，爱不忍释。此书为杨之炯作，《曲品》列之下中品。题材为习见之裴航遇仙事。曲白均庸腐。然诸家目录，均未见有此书。盖佚已四百年。一旦获睹原刊本，诚堪自喜，何忍更剔瑕疵。所附插图，豪放而不粗率，犹有明初作风，不同于徽派诸名家所刊者。时正奇窘，然终以半月粮购得之。亟付装潢，面目焕然若新刊。诚是明刻传奇中之白眉，亦余曲藏中最可珍秘之一种矣。书刊于万历丙午（三十四年），首有《裴仙郎全传》《刘仙君传》（樊夫人附）、《裴真妃传》《铁拐先生传》《西王母传》，并有凡例。共二卷，三十七出。凡例云："本传原属霞侣秘授，撰自云水高师。首重风化，兼寓玄铨。阅者斋心静思，方得其旨。"

又云："本传中多圣真登场。演者须盛服端容，毋致轻亵。"明代士大夫曾有一时盛信仙道，以幻为真，屠隆、周履靖辈皆堕此障，莫能自拔，杨之炯盖亦其中之一人。虎耘山人序云："至若出入玄谷，吐咳丹朱，则烟霞之味，又在抚无弦者赏之。彼烟火尘襟，欲深天浅者，宁能作自观耶？"盖彼师徒辈入魔深矣！末附《蓬瀛真境》一套，有曲无白，无排场，疑为清曲。又附《天台奇遇》则为述刘阮事之杂剧也；诸曲目皆未著录。

文　通

明朱荃宰撰　三十一卷八册
明天启六年泭漫堂刊本

　　此书得于来青阁。以其无甚独见，初不欲收。后念明人诗文评传世者不多，姑留之。然欲攘之去者竟不止数人，可见此书之罕见。绍虞闻余得此书，亦自平驰函索读。"是编考证经史子集制义两藏文章源流体格。"体例略类《史通》。而多引明人语，偶有己见，亦殊凡庸，固不足以与语"著作"，更不足与《文心雕龙》《史通》比肩也。荃宰别有《诗通》《乐通》《词通》《曲通》，"嗣刻"公世。然诸家书目皆未载，当均未成书。荃宰字咸一，黄冈人。此书则刻于南京。末卷为《诠梦》，亦摹拟刘勰《文心雕龙》之《自序》。

诠梦（节录）

　　爰考诸书之书，汇成文、诗、乐、曲、词五编，皆以通名之。求以自通其不通也，匪敢通于人也。汇而言之：陈思品第，止及建安；士衡九变，通而无贬。吁嗟彦升，不成权舆。《雕龙》来刘驼之讥，《流别》竭捃摭之力。伯鲁广文恪之书，号称《明辨》，自述而皆不本之经史。吴详于文而略于诗，徐又遗曲。或饮水而忘其源，或拱木而弃其椊。世无经学，故无文学。未有通于经而塞于文者也。今不揣固陋，会通古今谈经、订史、说诗、言乐、审音之书，弁短取长，明法究变，尊是黜非。每编汇为一通，每体汇为一篇。文则经史子集，篇章句字，假取援喻，条晰缕分，而殿以统说。诗自三百，乐府古近，题例艳趋，厘音叫响，而弁以总论。乐左书右图，诗曲右调左赞；经义宪章祖训，起弊维新。

螺冠子咏物诗

周履靖著　二十八卷十二册
明万历三十三年金陵书林叶如春刊本

螺冠子作《锦笺记》，最著于世。王国维《曲录》初未知螺冠子何名。余得明刊本《锦笺记》，乃知其为周履靖之别署。履靖曾刻《夷门广牍》，甚不易得。其中图谱数种，刊印尤精。余在北平曾见残本数十册，因循失收，甚憾惜！又得其所刻巾箱本《十六名姬诗》，珍为秘籍，不轻示人。兹复获其《咏物诗》。版式同《夷门广牍》，乃未收入《广牍》中。古人无专以"咏物诗"成专集者。履靖此书所咏自天文至花卉杂物，无所不包，近二千首，可谓洋洋大观。末附"诗余""词余"及酒歌、酒咏。诗词皆不俗。清人辑"咏物诗选"，未录履靖作只字，殆未见此书也。

唐宋诸贤 绝妙词选

黄玉林辑　十卷二册　明万历四十二年秦堧刊本

　　黄玉林《绝妙词选》原分"唐宋诸贤"与"中兴以来诸贤"二集。今所见于毛晋刊《词苑英华》本外，罕睹他本。《四部丛刊》所影印者为《英华》外之别一明刊本，所谓明翻宋本者是也，未知为何人何时所刻。余见万历丙寅秦堧刊本于朱瑞轩许，即《丛刊》所据之祖本也，以其价昂，未收。不数日，乃于来青阁得之，价已大削。虽仅为"唐宋诸贤"一集，未获全璧，亦自得意。首有茹天成一序，《四部丛刊》本已夺去。殆坊贾有意取下，以欺藏家，冒为明初本者。兹录茹序于下，以证刊刻源流。

重刻绝妙词选引

　　自汉武立乐府官采诗，以四方之声，合八音之调，而乐府之名所由始。历世以来，作者不乏。上追三代，下逮六朝，凡歌词可以被之管弦者，通谓之乐府。至唐人作长短词，乃古乐府之滥觞也。太白倡之，仲初、乐天继之。及宋之名流，益以词为尚。如东坡、少游辈，才情俊逸，籍籍人口，往往象题措语，不失乐府之遗意。然多散在各家之集。求其汇而传之者，惟玉林黄叔旸所选为备。自盛唐迄宋宣和间为十卷，自宋中兴以后，又为十卷。凡七百余年，得人二百三十，词千三百五十。词家之精英，可谓尽富尽美矣。盖玉林乃泉石清士，尤长于词，为当时名家所赏。观其附录三十八篇，隽语秀发，风流蕴藉，则其选可知矣。余友本婴秦太学塌，夙好古雅，每见其鼻祖少游词章，辄讽玩不休。今得是编，颇惬其向往之初心。既乐多词之妙丽，又慨旧刻之舛讹，遂详校而重梓之。余重玉林之词，嘉本婴之志，因缀数语，以引其端。万历岁在阏逢摄提格（甲寅）仲春上浣之吉，河内茹天成懋集甫书。

诗经类考

明沈万钶辑　三十卷十二册　存十一册

明万历三十七年刊本

　　此残本《诗经类考》，得于中国书店，阙第二十七及第二十八两卷。石麒以其残也，未加重视。余尝搜集宋元以来说《诗》之书近三百种，"八一三"之变，大都荡为寒烟。本无意于复收此书。以其廉，且明人说《诗》之作本不多，故遂收得之。在明人著述中，此书编例，实甚谨严。盖《诗》考之长篇也。凡例云："是编只属丛记。蕲无漏，未蕲订定。故自经传子史，以至稗编琐录，靡不该收。盖宇宙间事未可执一。将以资详说，反之约也。"第一卷为《古今论诗考》，第二卷为《逸诗考》；第三卷以下为音韵、天文、时令、地理、列国、人物、宗族、官制、饮食、服饰、宫室、器具、珍宝、礼乐、井田、封建、赋役、刑狱、兵制、四夷、禽虫、草木诸考；第二十六卷以下则为国风、大小雅及三颂异同考；第三十卷为《群书字异考》。所录甚富；凡万历以上之著述，殆无不兼收并蓄之。《逸诗考》一卷，搜采亦甚备；且亦择取甚慎，不似他明人之随意选载"白帝子"等之伪诗入书也。

唐堂乐府

清黄兆森著　不分卷二册
清康熙五十五年刊本

　　余十余年前获得石牧《忠孝福》传奇，未加重视。唯盼能得其所著《四才子》。然终不可得。真州吴氏藏书散出，为王富晋所购，待时索价，价奇昂。中有《四才子》之二（《郁轮袍》《梦扬州》），装一函。余狂喜，不惜重值购之。后至苏州访吴瞿安先生，欲借其藏本，钞补《饮中仙》及《蓝桥驿》二种。但吴先生殊珍惜此书，颇有吝色。遂不再谈及钞补事。七年前在北平，坊贾以《忠孝福》及《四才子》半部求售。仍只有《郁轮袍》等二种。遂退还之。前日偶至来青阁闲坐，寿祺告余，新收得《唐堂乐府》一部。亟取阅之，即石牧所著《忠孝福》及《四才子》之全部也。久求不获者，乃忽于无意中获之。一书之得，诚非易也！首并有序，知刻于康熙丙申（五十五年，1716）。石牧生平，借此以知之者不少。而《唐堂乐府》之名至此始发现。可见"研究"较专门之学问，版本之考究，仍不能忽视。彼轻视"版本"者，其失盖与专事"版本"者同。总之，博闻多见，乃为学者必不可忽者也。

元名家诗集

明潘是仁编　存二十八家一百十七卷十六册

明万历四十三年刊本

一、元遗山诗集十卷（好问）

二、刘静修诗集三卷（因）

三、陈笏斋诗集六卷（孚）

四、贯酸斋诗集二卷（云石）

五、困学斋诗集二卷（鲜于枢）

六、松雪斋诗集七卷（赵孟頫）

七、吴草庐诗集六卷（澄）

八、卢舍雪诗集三卷（亘）

九、马西如诗集三卷（祖常）

一〇、范锦江诗集五卷（梈）

一一、杨浦城诗集四卷（载）

一二、虞邵庵诗集七卷（集）

一三、揭秋宜诗集五卷（傒斯）

一四、王柏庵诗集二卷（士熙）

一五、薛象峰诗集二卷（汉）

以上元初

（元末诸名公姓氏爵里）

一六、萨天锡诗集八卷（都剌）

一七、张外史诗集六卷（雨）

一八、陈荔溪诗集三卷（旅）

一九、贡南湖诗集七卷（性之）

二〇、杨铁崖古乐府三卷（维桢）

二一、傅玉楼诗集四卷（若金）

二二、柳初阳诗集三卷（贯）

二三、张蜕庵诗集四卷（翥）

二四、泰顾北诗集一卷（不花）

二五、李五峰诗集二卷（孝先）

二六、余竹窗诗集二卷（阙）

二七、贡玩斋诗集三卷（师泰）

二八、成柳庄诗集四卷（廷珪）

（下阙六家）

此书余得之来青阁，由合肥李氏散出。余所得李氏书，以此种为最罕见。余究心元剧，因傍搜及于元人著述；惜限于力，所得不多。故得此书，殊感喜慰。此书本名《宋元名家诗集》；凡录北宋十七家（内五家未刻），南宋二十家（内六家未刻），元初二十一家（内五家未刻），元末十九家。今此本于南北宋诸家全阙，于元初诸家中，仅阙释清琪《温石屋集》一家；于元末诸家中则阙倪瓒、陆景龙、洒贤、丁鹤年、龙从云、郑允端六家。以其罕见，虽为残本，亦亟收之。宋人集合刊者至多，自陈思、陈起而下，无虑七八家，而合刊元人集者，则于汲古阁《元十家集》《元四家集》外，他无闻焉。《元诗选》所据诸集，今不知能有十之七八存世否？故此虽仅寥寥二十八家，而余亦甚珍视之。唯潘氏究未脱明人习气，未言各家集所据之本，且每与原集相出入；若《陈旅集》，此本仅有诗三十七首，实则《四库》著录之《安雅堂集》，诗凡三百二十八首，此仅十之一耳。疑罕见诸家，仍是从诸选本汇辑录入。潘氏实未睹原本也。

午梦堂集

叶绍袁辑　明崇祯九年刊本

一、鹂吹集二卷鹂吹附集（沈定修撰）

二、百闵遗草一卷（叶世㑰撰）

三、愁言芳雪轩遗集一卷（叶纨纨撰）

四、窈闻一卷（叶绍袁撰）

五、续窈闻一卷（叶绍袁撰）

六、返生香（疏香阁遗集）（叶小鸾撰）

七、鸳鸯梦（叶小纨撰）

八、伊人思（沈宜修辑）

九、梅花诗（沈宜修撰）

一〇、屺雁哀（叶世佺等作）

一一、秦斋怨（叶绍袁撰）

一二、彤奁续些二卷（沈纫兰等撰）

此书近人叶德辉有翻刻本；唯印本至劣，大失原刻精神。余十五年前曾见原本一部，刊印极精。惜当时失收，至今耿耿！顷以低值获此，足慰凤愿。叶刻本凡十四种，尚有

《灵萱》及《琼花镜》二种，为此刻所无。罗氏《续汇刻书目》所收，则仅八种。疑当时所刻，原无定本，随刻随增，故种数多寡，每本不同，非不全也。顷见日本某家书目，载此书细目，亦仅有十二种也。

佛祖统纪

宋志磐撰　五十四卷十册

明万历四十二年刊本

　　宋明单刊佛经，不多见。余前在北平，得宋至明初有图单刊本经近五百本，最为巨观。然以民间流行之《心经》《陀罗尼经》《观音经普门品》及《金刚经》为最多。无关"佛学"，更少禅宗之著作。合肥李氏书于夏间散出，悉为汉文渊所得，余初不知。偶于一夕，过来青阁，遇姚石子先生。且谈且翻阅案上新收书。中有明刊《午梦堂集》《古逸民史》，潘是仁刊《元人诗集》等，余皆欲得之。复有佛书一堆，皆明刊禅学著作，余初不加注意。偶一翻检，觉刻本甚精，便嘱寿祺留下。议价妥后，抱书而回。《禅宗正脉》《禅林僧宝传》，皆为写刻本，《吴郡法乘》则为旧钞本。明日，过汉文渊，所得书已售去过半。但余仍得《佛祖统纪》及《阅藏知津》等。《阅藏知津》虽阙末册，而每册皆有助刊人姓名，洵是原刊本。余甚珍之。《佛祖统纪》破蛀不堪，但实为诸书中之白眉。寿祺云：此批书中，"小部头"最精者皆已为余得。他若明刊《资治通鉴》《文选》等巨帙，则余力不能收，即收得亦无余地可藏也。高丽旧钞本《东国文献备考》一百册，则为叶揆初先生所得。

经济类编

明冯琦编　一百卷一百册

明万历三十二年刊本

《经济类编》仿《艺文类聚》等书例，分总类二十（自帝王类至杂言类），细目三百余，约三百万言，自诸子百家以下，几无书不采，而尤着意于经济之言，故录载奏疏特多，实为后来诸"经世文编"之祖。体例集若"类书"，而实非"类书"；盖每录全文，不若诸类书之条文琐碎也。陈元愫于万历时，辑《经济文辑》，陈子龙于明末辑《皇明经世文编》，即仿其意。而子龙之书尤难得。

古诗类苑

明张子象编　一百三十卷五十八册

明万历间刊本

"是编首自上古，下迄陈隋，一枝片玉，搜括无遗"（凡例），实全上古汉魏六朝诗之一总集也。而以类为主，不以时世为次。盖变冯氏《诗纪》之例者。其与《诗纪》不同者，唯兼收两京以后箴铭颂赞，于汉晋六朝之"乐府"，则"依郭茂倩旧次，汇为一部"，不复分类。其分类之部门，略依《艺文类聚》《初学记》各类书，而微加详悉。于各类书、小说《列仙传》《真诰》所载之诗，亦均录入。既有《诗纪》，此等书似可不备。但当时编辑之意，当是便于士子涉猎之用。余以其罕见且廉，故收之。

古逸民史

明陈继儒辑　吴怀谦校　二十二卷六册一函
明万历二十六年刊本

　　眉公著述，余所得颇多；见者亦不少。唯大抵皆明季坊贾妄冒其名，或挖去作者姓氏，补印眉公名里，以资速售耳。《古逸民史》确为眉公所著之一。《宝颜堂秘笈》未收，传本甚罕见。眉公著此书，实有所感。彼盖自托于"逸民"之列，正是做"山人"之张本也。所谓"逸民"，类多有托而逃。其末数卷所录诸宋末"逸民"，皆义人志士也。眉公果何所托而"逃"乎？明人曾有嘲"山人"诗、曲，盖正指眉公辈而言。唯眉公虽优游林下，享名甚盛，却非专事"飞来飞去宰相衙"者流。其殚心撰述，主持风雅，亦未可加以蔑视也。

东谷遗稿

汤胤绩撰　十三卷二册
明成化十四年刊本

　　余既得李氏书若干种于来青阁，复数过汉文渊，得《经济类编》等书。偶见案上有《东谷遗稿》，为成化黑口本，价至廉，却无人顾问。余以其附"词"，且平易浅近类口语，甚喜之，即携之归。作者为汤胤绩，明初功臣汤和裔，死于王事，盖武臣而能文事者。诗不甚佳，词具别致。余正辑明人词，故亟收得之。

农政全书

　　余前在北平，渴欲获得徐光启原刊本《农政全书》。数与书贾辈言之，均未有此书。后见邃雅斋架上有之，询价，乃奇昂。以绌于资，未及购。转瞬间，书已他售，为之懊丧者久之。由平至沪，仍以此书访询各肆，或言前曾售过，今未见。或以清代翻版者见示。前数月合肥李氏书散出，余见其目，有此书。询之林子厚，知为原版，但已售之富晋书社。立追踪至富晋处，卒获得之。十年求之不遇，而遇之一旦，殊自喜。书纸蛀甚，然尚可读。明末初得泰西机械法，介绍甚力，余既获王征《奇器图说》等数种，故于此书尤着意访求。不仅有关西学东渐之文献，且于版画研究上亦一要籍也。

鸣沙石室秘录

罗振玉编　不分卷一册

清末国粹学报社铅印本

此是最早之敦煌文书目录。惜所据仅为伯希和所见所知之若干种耳。

敦煌石室真迹录

王仁俊编　五卷三册　清宣统元年石印本

　　此书亦为敦煌书目，所据亦为伯希和所携来及所忆及者。甲卷上载石刻拓本三种。以后各卷亦多录原文。唯王序未及罗振玉，罗氏诸书亦未一及王氏，不知何故。当敦煌石室发现消息由伯希和传出时，仁俊正任学部编译图书局副局长。传录敦煌写本，当以王氏为最早。而其名为罗氏所掩，今知之者罕矣。而此书亦不甚易得。诚有幸有不幸也！

文始真经（关尹子）

宋抱一子陈显微注　三卷一册

明万历二十一年刊本

　　连日细雨绵绵，大有春意。颇思阅肆，因而阻兴。下午四时，借校中汽车，至开明书店一行，随转赴中国书店，遇杨寿祺及平贾数人在彼闲谈。得唐赓虞死耗，为之愕然！唐为经手买得半部清常道人校本杂剧者。几成交而为孙某所得。因此一转手，遂多费不少交涉与金钱。唐在沪设听涛山房，颇可交。不意其竟死于苏州。寿祺谈购李氏书事颇久。此次转售诸籍颇得利。并知有《石仓明诗选》四集为平贾所得，殊可惜！桌上有《文始真经》一册，因其为明代单刊本，购之。《关尹子》初仅《道藏》有之，后收入湖北崇文书局《百子全书》中。此为抱一子注本，颇罕见。

丽则遗音

元杨维桢撰　六册　明汲古阁刊本

　　此为铁崖赋集；汲古阁附刊于《铁崖古乐府》后。前数日下午，于中国书店遇姚石子先生，同检堆于桌上乱书。较可注意者，有《铁崖乐府》《复古诗集》及此书，并为汲古阁刊本。且均初印者。余思得之而未言。唯嘱其留下《丽则遗音》。石子当时亦言欲得之。明日再过，则肆中人言，《古乐府》及《复古诗集》已为石子购去。惜此《丽则遗音》因余一言，未能"璧合"。他日或当移赠石子，以成"完"书也。

辍耕录

元陶宗仪撰 三十卷四册

明玉兰草堂刊本

《辍耕录》为余常引用之书，然初收者却为铅印本及汲古阁刊本。后复得玉兰草堂初印本残帙二册。迨《四部丛刊》影元本出，诸本似皆可废。武进陶氏之影元刊本，亦已不足重视。今春过中国书店，睹一玉兰草堂刊本全帙，首附《秋江送别图》，为堵文明所绘，并有贝琼、赵㑢、钱宰、牛谅、詹同、周子谅、张孟兼、王泽、富礼及宋濂诸人《送陶九成东归诗》，贝琼并有序。盖宗仪于洪武六年被荐至南京，以疾辞归。诸人喜其归而惜其别，乃追祖于龙江之上。"而文明工绘事，因写而为图。视其舣舟于岸者，行人欲发而未发也。引骑或前或却者，宾客之咸集也。波涛汹涌，云山惨淡。相与置酒劳劳亭上，俯仰金陵之景无穷，而古今之离思亦无穷也。"诸诗及图为各本所无。我所见玉兰草堂本无虑五六部，亦均无之。余正搜集版面，观其图窈远有深趣，因亟收得之。某君意亦甚欲，但卒为余先得矣。此本别有万历甲辰王圻重修序。然此图却非圻所增入。盖《东归诗》页下仍均有"玉兰草堂"四字。同时并于文汇得万历戊寅徐球刊本，亦精。

盂 兰 梦

清严保庸撰　不分卷一册　清道光间刊本

　　余集清剧，编为《清人杂剧》初二集行世。"三集"因故迄未续印。《盂兰梦》亦为三四集中拟收之剧。柳翼谋先生曾以国学图书馆所藏传钞本影印。其实此剧本有严氏原刊本。余得此原刊于中国书店，末并附曲谱。殊得意。唯因末阙数页，拟借程守中先生藏本抄补，故至今尚未装潢成册。

宋元名人词十六家

旧钞本　四册

宋元人词自《郎村丛书》出，罕传之作已少。友人赵万里先生及周泳先君并有补辑。大凡传世之词集，几无不被收入此三书中。然旧本亦自可贵。十年前，缪筱珊钞本《典雅词》散出，价甚廉。余思得之，而未果。后归北平图书馆。顷于听涛山房得旧钞本《宋元名人词》十六家（张纲《华阳词》，高登《东溪词》，朱雍《梅词》，朱熹《晦庵词》，吴儆《竹洲词》，许棐《梅屋诗余》，欧良《抚掌词》，文天祥《文山乐府》，赵闻礼《钓月词》，朱淑真《断肠词》，欧阳彻《飘然词》，赵孟頫《松雪斋词》，刘因《樵庵词》，萨都剌《雁门词》，倪瓒《云林词》，陶宗仪《南村词》）。十年前，此十余家皆秘籍也，足补毛氏《六十一家词》。今则皆行世矣。此书每册皆有陈仲鱼印，为坊贾伪托，然钞本甚旧，至晚亦在道、咸中。惜未知校辑者何人耳。

思　玄　集

明桑悦撰　十六卷八册　明万历间刊本

　　桑悦为明中叶一奇人。诗词作风均大胆，辟李贽、徐渭一途风气。集甚罕见。此本余得之来青阁，为万历徐威所注。然其注不详。于"词"则不加只字注释。每卷下，又题"后学翁宪祥选"，疑非全本。恨未得原刊本一校之。

新刻魏仲雪先生评点琵琶记

上虞魏浣初批评　李裔蕃注释

二卷一册　明末刊本

　　此为明清之间写刊本；魏仲雪当亦为其时人。北平图书馆藏有一本，余尝从之借印数图。此本正文不阙，图则夺去。某贾从杭州回，因某先生之介，以此书归余。末有万里题云："民国元年六月十八号，同乐之、中甫游永定门。途经琉璃厂，于旧书摊上，以铜元八枚易之。"盖陈万里先生手笔也。万里寓杭，其藏书当尽罹于劫。余于此书外，并得其所藏内府钞本曲数种。

谢禹铭五刻

明谢镛辑　存二种一册　明天启间刊本

　　谢氏辑阴符、鬼谷、黄石、武侯、青田五家书刻之，故名"五刻"。皆兵家言也。"天时地利，将将将兵，大略具诸书中。"谢氏盖有志于"请缨"者。此书仅存二种，《黄帝玉诀阴符经》及《鬼谷子》；余得于中国书店。明刻本诸子，甚可矜贵，余锐意欲多收之。于劫中见者多，失收亦多。及今挽救，已似亡羊补牢矣。

新刻皇明开运辑略武功名臣英烈传

明　未知撰者　六卷十二册　明万历间刊本

　　《皇明英烈传》刻本甚多。余有万历刊徐渭重订本，有通行本；内容均互异。今得此书，则又多一种矣。沈氏萃芬阁书散出。为余所最欲得者为万历版《异梦记》及此书。《异梦记》议价未妥，已为平贾所得。此书则终归余有。明刊传奇尚时时可见，唯小说则绝少。故亟收之。《萃芬阁书目》列此书于"史"部，且注为嘉靖刊本，实则为万历间所刻。其插图形式，大类罗懋登《三宝太监下西洋记》及周曰校本《三国志演义》，自是同时代之产物也。《英烈传》在清代为一禁书，不知所禁者为何本。此书遇庙讳皆抬头，述元人处则皆曰"胡"或"虏"。所禁或即此本也。作者未知何人。但可信为一最早之祖本。相传武定侯郭勋作此传以彰其先世郭英之功绩。有人更作《真英烈传》以纠之。《真英烈传》今不传。今所传诸《英烈传》，文字虽不同，而事迹则大致相类。此亦可证其为同出一源。

启隽类函

明俞安期纂　一百卷三十二册　明万历间刊本

　　俞安期纂辑三《类函》；余先得《诗隽类函》及《唐类函》。《唐类函》庋于东区，烬于此劫，复于劫中得一部。独阙《启隽类函》。《诗隽类函》及《唐类函》皆不足重视，唯《启隽类函》则搜集启札甚富，颇有资料。余求之十余年未得。顷过中国书店，见案下有乱书一堆，为朱惠泉物，中有此书。盖某书贾曾购之，以其阙佚不全，复退回者。余乃收得之。所阙仅末数卷。明人启札集至多；以升庵、禹金二书为最流行。唯究以此书收明人作最多（禹金所收均古作）。

西 学 凡

明艾儒略答述　不分卷一册　明天启三年刊本

　　此书题西海耶稣会士艾儒略答述；与《三山论学纪》合订为一册，版式亦同。盖天启时杭州单刊本，非《天学初函》之零种也。《西学凡》叙述十七世纪时欧洲学术之大凡；《三山论学纪》则记艾儒略与叶向高问答语，宣传耶教之作也。《论学纪》首有扉页，题"武林天主堂重梓"，"同会阳玛诺、费奇规、费乐德订，值会阳玛诺准，杭州范中、钱塘舒芳懋校"，皆西学西教东渐之重要文献也。

程氏墨苑

明程大约撰　六卷十二册

明万历间彩印本

　　此"国宝"也！人间恐无第二本。余慕之十余年，未敢作购藏想。不意于劫中竟归余有，诚奇缘也！初，徐森玉先生告余，陶兰泉先生处，有彩色印《程氏墨苑》。余将信将疑。于孝慈处，曾睹《墨苑》二十八宿图，符篆皆为朱色，意此即为彩印本。时正从事版画史，欲一决此疑。乃以森玉之介，访兰泉先生于天津。细阅此书竟日，录目而归。曾语兰泉先生：他书皆可售，此书于版刻史上、美术史上大有关系，不宜售。后兰泉迁居沪上，藏书几尽散出。余意此书亦必他售矣。秋间，至友某君来沪，遇兰泉，余恳其询及此书。竟尚在。时余方归"曲"于国库，囊有余金，乃以某君之介，收得此书。书至之日，灿灿有光，矜贵之极。曾集同好数人展玩至夕。复细细与他本《墨苑》相校，其中异同处甚多。施彩色者近五十幅。多半为四色、五色印者。今所知之彩色木版画，当以此书为嚆矢。元明之交，我国受欧洲中世纪手钞本的影响，一时盛行金碧钞本。今存者尚多。嘉靖间，宫妃布施经藏，亦每施以彩绘。唯皆于版画上手绘金彩。无以彩色施之版上者。此书各彩图，皆以颜色涂渍于刻版上，然后印出；虽一版而具数色。后来诸彩色套印本，盖即从此变化而出。《墨苑》后印诸本则皆渍墨，不复能加彩色矣。我人谈及彩色套版，每不知其起源于何时。得此书，则此疑可决矣。

顷阅日本《尊经阁文库汉籍分类目录》，知阁中亦藏有彩色《墨苑》一部。则当时彩印之本必不止一二部也。

李卓吾评 **传 奇** 五种

十卷十册　明万历间刊本

　　此书亦陶兰泉先生所藏，与彩印《程氏墨苑》同归于余。余方斥售明刊传奇数十种，乃复收此，结习难忘，自叹，亦复自笑也。此五种传奇为《浣纱记》《金印记》《绣襦记》《香囊记》及《鸣凤记》。其中《金印》《鸣凤》《香囊》三记尤罕见。图版精良，触手若新。《浣纱记》首有《三刻五种传奇总评》，甚关重要。初刻或为"荆刘拜杀"及《琵琶》，二刻当为《幽闺》《玉合》《绣襦》《红拂》《明珠》。合之，凡十五种。《荆记》尚有传本。"刘拜杀"则不可得而见矣。颇疑李卓吾只评《琵琶》《玉合》《红拂》数种。其后初刻、二刻、三刻云云，皆为叶昼所伪作，故合刻数种，殆皆为翻印本。不细校，不知原刻之精美也。

三刻五种传奇总评

　　浣纱尚矣！匪独工而已也，且入自然之境，断称作手无疑。若《金印》、若《香囊》，俱书生之技，学究之能，去词人远矣。可喜者《锦笺》一传，组局既工，填词亦美。虽未入元人之室，亦已升梁君之堂，近来一作家也。如《鸣凤》，原出学究之手。曲白尽佳，不脱书生习气。而大结构处极为庞杂无伦，可恨也。噫，安得"荆刘拜杀"而与之言传奇也哉！安得"荆刘拜杀"而与之言传奇也哉！不独传奇已也。若至今日，诗文举子业皆不可言矣。奈何奈何！付之长叹而已矣！

秃　翁

快　书

明闵景贤辑刊　五十种五十册　明天启六年刊本

　　此书余曾读于巴黎国家图书馆。在诸明人杂辑丛著中，此书体例，尚称谨严。虽多巧立名目，而尚注出原书名称，并注明是删本或元本。殊非《小窗四纪》诸书糅杂群言者之同类。顷于文汇书局见一部，乃收得之。价甚昂。别有《广快书》五十种，为何伟然所纂，惜未得见。明末人最善于谈花评酒，穷奢极欲于生活上之享受，纯是"世纪末"之病态。余本有意于研究此一时代，故每喜搜罗此类书。

渭南文集

宋陆游撰　五十卷十六册　明末汲古阁刊本

汲古阁刊《放翁全集》，非难得之书。唯所见每为后印本。余十年前曾得初印本《剑南诗稿》，并附《南唐书》《斋居纪事》《家世旧闻》等。但阙《渭南文集》及《老学庵笔记》。月前，于文汇书局睹《渭南文集》一部。亦为初印本，亟收之。然仍阙《老学庵笔记》。一书之全，其难如此，诚非以书为赏玩之资者所能理会也。放翁有心人也，生当南北宋之际，身经中原陆沉之痛，见朝廷上下，宴安嬉乐，若自甘于小朝廷之局面者，怒然忧伤，见之诗文。回天无力，呼吁谁闻。屈子孤吟，贾生痛哭，其心苦矣！临终时，犹有恢复之念，乃有"家祭无忘告乃翁"语，伤矣伤矣！其心何日忘中原也！岂知小朝廷饮鸩自娱，日陷日深，竟至复有"胡马渡江，翠华浮海"之变。放翁死不瞑目矣！余幼时即喜诵放翁诗，今置"全集"案头，几日日快读数十百首。每不觉悲从中来，泪涔涔下，渍透纸背。然念今时局面，决非昔比，则又自壮！

大明一统志

明李贤等辑　九十卷五十册

明万历间万寿堂刊本

　　此书有明天顺及弘治二刊本，价奇昂。此为万历间金陵坊贾所刻；其印时则已入清，故凡"大明"二字均挖改为"天下"二字，书名亦作《天下一统志》。故价甚廉。余得于朱瑞轩处。明代《一统志》修于天顺时，撰者为李贤诸人。乃直至万历间尚未重修，仍沿用旧本，至可诧怪。若《清一统志》则一修于乾隆，再修于嘉庆。于斯可见明廷官吏之不知留心时务与经世之术。地理之不知，方位之不明，风俗人情之不了解，何能谈"政治"之设施乎？

中晚唐十三家集

刘云份辑　十六卷八册　明末刊本

附《八刘诗集》八卷

　　刘云份初辑《八刘诗集》（刘叉、刘商、刘言史、刘得仁、刘驾、刘沧、刘兼、刘威），因得中晚唐人集不少，复辑十三家为一集（姚合、周贺、戎昱、唐球、沈亚之、储嗣宗、曹邺、姚鹄、邵谒、韩偓、林宽、孟贯、伍乔），盖有得即刊也。所据原本，均未甚佳。蒋孝于嘉靖中刊《中唐人诗》十二家，此无一家与之重复；《唐诗纪》仅刊"初""盛"，未及"中""晚"。云份此刊或意在补阙欤？

唐宫闺诗

刘云份辑　二卷二册　明末刊本

　　此书一题"唐人遗咏"《女才子诗》，余得于文汇。离余得《中晚唐十三集》，不及一月也。刘云份序云："近辑《中晚唐人诗》，遍阅诸集。念此帘幕中人，兰静蕙弱，何能搦数寸之管，与文章之士竞长斗工。彼其微思别致，托物寄情，婉约可风，精神凝注，亦与白首沉吟者辉耀后世，可谓卓绝矣。忍视诸选家取此遗彼，令其珠明花艳，顾沦没于书虫竹蠹间乎？爰从仇定之次，广罗而全录之。取其品行端洁者列为上卷正集；若夫败度逾闲者列为下卷外集。"唐宫闺诗无单刊者，胡震亨《唐音统签·庚签》有宫闺诗九卷，然未刊。流传于世者亦仅薛涛、鱼玄机诗集耳。此书所辑虽遗漏尚多，然实为辑全唐女子诗之椎轮也。

谱　双

明　未知撰人　不分卷一册

明正德刊《欣赏编》本

　　沈氏萃芬阁书散出，某肆得《元十家集》《升庵词品》及正德本《欣赏编》，求售于余，价甚廉。余嘱其留下。明日过之，已悉为他人所得。余尤喜《欣赏编》。为之懊丧不置。一月后，托中国书店于杭州某肆收得《谱双》一册，盖《欣赏编》中之零种也。具人物图，且有生动之趣者，《欣赏编》中亦仅有此种。得此，可不备全书矣。余于书，本不作收藏想，只视为取材之资而已。似此类书，本不必求全也。

欣赏修真

明　未知撰人　不分卷一册　明刊本

得《谱双》后，复得《欣赏修真》，同一版式，盖亦《欣赏编》中之一种。首有"长兴王氏诒庄楼藏"印。唯余见《欣赏编》总目，却无此种。盖在"续编"中也。唯"欣赏续编"为万历间茅一相集，而此书则似为正德刊本，不知何故。疑沈杰之《欣赏编》原有"续编"而今未见也。

精选点版
昆调十部集　**乐府先春**

陈继儒选　三卷一册
明万历徽郡谢少连校刊本

　　明刊散曲传世者甚罕，南曲选尤不易得。余十年前得天一阁旧藏《新编南九宫词》于乃乾许，曾诧为不世之遇。后又钞得吴瞿安先生藏本《南词韵选》及《情籁》，北平图书馆藏本《三径闲题》，某氏藏本《词林白雪》。以重价购得《南北词广韵选》及《吴歈萃雅》《彩笔情词》《吴骚集》《吴骚二集》《吴骚合编》《怡春锦》《词林逸响》《太霞新奏》、初印本《南北宫词纪》等书（又于斐云处见《南音三籁》，惜未录副）。战时，又于来青阁得《乐府名词》及残本《古今奏雅》。收藏此类书者，恐以余为最多。然《南九宫词》于翻印后即转让于北平图书馆，《南北词广韵选》《乐府名词》及《古今奏雅》三书最近亦于录副后，归诸国家。《南词韵选》则于南下后遍觅未获，不知何时失去。存者仅寥寥数种。收书之兴，为之顿减。然顷于无意间乃复获得《乐府先春》一册，顿使黯然减色之"曲库"为之绚烂生光辉。余本有志于编刊明曲，获此，得助不少。初，余于课余偶过中国书店，遇性尧，立谈甚久。夜色苍茫，灯火逐渐四现，正欲归去，抱经堂主人朱瑞祥忽携数册破书来，要郭石麒鉴阅。余久不与之交易，姑问有何好书。彼云：新从杭州收得此数种。略一翻阅，赫然有《乐府先春》在。首附插图八幅，为黄应光所镌，图中人物，古朴类唐画。书分三卷，首卷有套数二十，上卷有套数六十五，下卷有套数五十七。题松江陈眉公选，其刊刻年代当与《吴骚集》约略同时（万历四十年左右）。余得之，不忍释手。询价，索金五十。立即收得，不复踌躇观望，盖一失之，即不可复得也。方斥售"曲库"中物大半，精本尽去，不意乃复得此，诚自喜！中有俞羡长、姜凤阿、郑翰卿、朱射皮、李复初等十余家曲，皆他处所未见者。抱书而归，满腔喜悦，不复顾及餐时已过，饥肠辘辘矣。

汇　雅 前集

明张萱编　二十卷

存一——二、五—七、十一—十五，共六册

明万历三十四年刊本

此残本《汇雅前集》，余得于石麒许。余所藏《北雅》，为张孟奇刻。初不知张孟奇为何人。今见此书，乃知孟奇即张萱。萱为回教徒，居南京，刻书甚多。所谓清真馆本《云笈七签》，即其所刻。此书萱自序，亦正署"题于金台之清真馆"。萱又著《疑耀》七卷，重编《文渊阁书目》为《内阁藏书目录》八卷。盖亦好事之徒。此书以《尔雅》为纲，而以《广雅》《小尔雅》《方言》《释名》诸书，汇于《尔雅》之下。又以《埤雅》《尔雅翼》汇为"后编"，今未见。萱自序谓："余为《字觿》，计非十年不敢出以示人。然一出当令古今字书皆废。"而以此书先之。《字觿》未知曾成书否？而此书则实为"前无古人"之作也。

至大重修宣和博古图

宋王黼等撰　存第一、二及十五、十六卷二册

明嘉靖间蒋旸翻刻本

　　《宣和博古图》流行于世者为万历戊子泊如斋刊本。乾隆间黄晟得其版，合《考古图》及《古玉图》称三古图。余于劫中，得泊如斋初印本《博古图》于来青阁。寿祺云：苏店尚有明嘉靖间《博古图》残本。余促其邮来。不数日，书至。虽仅四卷，余亦收之。此书卷帙甚大。每半页八行，每行十七字。诸家书目间载此书，而每为残本，罕有全者。

分类补注 李太白诗

杨齐贤集注　萧士赟补注

二十五卷六册　明万历间许自昌刊本

许自昌曾刊《太平广记》，不易得，又撰《水浒记》，演唱者至今不衰。余久欲得其所刊李杜集。虽不难得，却一时未遇。顷在上海书林朱瑞轩架上，见有李集，且价甚廉，乃收之。不知杜集何时可以收得。

百花鼓吹

古今
名公

《唐诗》五卷 《宋元明梅花鼓吹》二卷

《梅花百咏》八种 又《牡丹百咏》一卷 二册

明万历三十六年梁溪九松居士（王化醇）

尊生斋刊本

抱经堂从杭州携来一批书，余得万历版《乐府先春》，为其中白眉。数日后，至中国书店，又在乱书堆中，获见《百花鼓吹》及清人某氏之《百花词话》，亦为抱经堂物，闻已售之北平文殿阁。余渴欲得《百花鼓吹》，即取归。明日再过之，则《百花词话》已为程守中先生所得。余方斥去万历杨氏原刊本之《唐诗艳逸品》，乃忽发兴欲得此书，思之，不禁自笑其多事。然《艳逸品》尚有朱墨刊本可得，《百花鼓吹》则绝罕见，且所附之宋元明《名家梅花鼓吹》二卷及《梅花百咏》等尤多不易得见之诗篇。《梅花百咏》传世者向仅中峰禅师及冯子振撰二种，《夷门广牍》中则仅有冯作及周履靖之和作。阮元《四库未收书目提要》有《梅花百咏》

一卷，为元韦德珪撰。今此书于中峰、子振、德珪所作外，别有王达善、于谦、周正及无名氏几种，且附张豫源之《牡丹百咏》，故必欲得之。此类书虽无大意义，然亦元明文学资料之一种，不宜听其沦落也。

鸳鸯棒

明范文若撰　二卷二册　明崇祯刊本

荀鸭撰《博山堂三种曲》有原刊本，附《北曲谱》，二十年前，余曾见一全书于受古书店。后为涵芬楼所得。"一·二八"之役，与楼同烬。每曲皆附图，作圆形，甚精致。劫中，先得《北曲谱》四册于来青阁，价甚昂。顷又得《鸳鸯棒》一种，末亦附《北曲谱》。惜图夺。余所藏《玉夏斋传奇十种》中有荀鸭二剧（《鸳鸯棒》与《花筵赚》），独阙《梦花酣》。荀鸭作传奇甚多；今所知者尚有《倩画姻》《勘皮靴》《金明池》《花眉旦》《雌雄旦》《欢喜冤家》《生死夫妻》等，皆稿本未刊，仅见数曲于《南词新谱》（玉夏斋本《鸳鸯棒》，实即用博山堂旧版刷印者）。

筹海图编

明胡宗宪编辑　十三卷六册

明天启四年刊本

　　此书翻印本甚多，均不佳。此本为天启刊白皮纸本；于所见各印本中最为精良。惜嘉靖壬戌原刊本，不可得见，是一大憾事。《筹海图编》为防倭而作，于沿海形势，言之甚详。倭患经过，亦加详述。"经略"中，论水战船艇之构造与战术，最可注意。所附各图皆精。单桅与双桅船之桅上，均有"望斗"，为他书所未见。足与戚继光之《纪效新书》《练兵实纪》同为明代倭患史中之要籍。余所得《纪效新书》《练兵实纪》亦均为翻刻本，十数年来，访求原刊本，迄未曾收得。

说　郛

元陶宗仪纂　一百二十卷四十册

明末陶珽刊本

陶宗仪《说郛》体例仿宋曾慥《类苑》，而所收杂糅之至，然古佚书往往赖之而存，不能废也。原本久佚，仅散见明钞残本。近人张宗祥集诸明钞，重刊印行，原本面目，约略可睹。然张本之前，流行者唯陶珽一刻。今所见陶刻，多后印者，阙帙累累，几无一本相同。后人得其残版者，更欺诈百端，巧立名目，并《续说郛》残版，或称《五朝小说》，或称《唐宋丛书》，或称《续百川学海》，或称《广百川学海》，皆得酬其欺。其实仅加刻一二通序目耳。此本余得于中国书店，尚为中印较善之本。与《汇刻书目》所载目录细校一过，《汇刻》注"阙"者，此本大都有之：（一）《洛书甄耀度》（卷五）；（二）《山居新语》（卷五十）；（三）《朝会仪记》（卷五十一）；（四）《南越志》（卷六十一）；（五）《乾道奏事录》（卷六十五）；（六）《东谷所见》（卷七十三）；（七）《髻鬟品》（卷七十七）。亦有《汇刻》不注"阙"而此本实阙者：《乘轺录》（卷六十五），《公私画史》（卷九十一），《禾谱》（卷一百五）及《齐谐记》（卷一百十五）四种。此本有而《汇刻》未列目者凡三十二种，足补诸丛书目之遗漏。书非目睹，或得善本，诚未易即据为"目"也。丛书目不难辑，难在不能多得异本相校耳。

续　说　郛

清陶珽纂　四十六卷二十四册　清顺治间刊本

　　珽既刊《说郛》，复纂明人说部五百二十余种以续之。但间亦阑入宋元人作。此本余与《说郛》同时得之，亦佳。《汇刻书目》注"阙"之《龙兴慈记》（卷五）、《云南山川志》（卷二十五）、《水品》（卷三十七）、《拇阵谱》（卷三十九）、《野菜笺》（卷四十）、《虎苑》、袁弘道《促织志》（四十二）、《广寒殿记》、《李公子传》、《仓庚传》（卷四十三）、《莲台仙会品》、《后艳品》、《续艳品》（卷四十四）、《杂纂三续》（卷四十五），此本均有之。但目录中注阙者仍有数种。不知初印本完全不阙之正续《说郛》各藏家有之否？

^皇_朝四明风雅

明戴鲸辑　　四卷四册　　明嘉靖三十五年刊本

《甬上耆旧诗》与《续耆旧诗》，选四明人作已大略无遗。此为戴鲸辑，入选者皆明人，故名《皇朝四明风雅》（序作《四明雅集》）。"四库"入存目，传本罕见。余得之平湖胡氏。近购得地方诗文集不少，而明本则不多，于《金华文征》外，仅有此书耳。

金华文征

明阮元声辑　二十卷八册　明崇祯间刊本

　　此书余得于富晋书社，刊印尚精。清人辑《金华文略》，多取材此书，而被削去之篇章不少。故此书仍不能废。元声别有《金华诗粹》一书，惜未收得。顷北平来薰阁复于此间得正德本《金华文统》。迨余知而追询，则已载之北去矣。

鹤　啸　集

明朱盛溁著　　二卷二册　　明崇祯十年刊本

　　今岁书市因平贾之麇集而顿呈活跃。各家皆出书目，杭州诸肆亦每寄临时目录来。但均无甚好书，盖好书不待目出皆已为平贾攫去。前在中国书店见杭州某肆目中有《鹤啸集》，名目较生僻，即托其代购。顷书来，为崇祯写刻本，甚精，首题楚鄂渚朱盛溁著。明代楚地朱氏，多楚藩后，至二三万人。盛溁当亦为宗室。诗无惊人语，然稳妥。

海内奇观

明杨尔曾辑　十卷十册　明万历三十八年刊本

　　杨尔曾自号雉衡山人，所辑书不少，有《仙媛纪事》《杨家府演义》及《韩湘子传》等，殆为杭地书肆主人，或代书肆辑书者之一人。此书余在北平曾见一部，未留下。近编"版画史"，思得一本，而上海各肆均无之。平贾王浡馥云：彼肆中有之。乃嘱其寄来。价不甚昂，遂收之。明人辑名山游记者有都玄敬（穆）、何振卿（铠）诸人，而其书皆不附图。名山记之有图，盖自尔曾此书始。图为钱塘陈一贯绘，新安汪忠信镂，甚精雅，唯尚微具粗犷气。崇祯间无名氏《天下名山胜概记》出，则其图渐趋细致纤弱矣。此书"说"皆出尔曾手笔，不类他书之专集昔人游记也。

金汤借箸十二筹

李盘撰　十二卷五册　明崇祯十二年刊本

　　此书有清代翻刻本，甚易得，然已削去违碍语。盖原本在禁书之列，久不得复睹矣。顷从叶铭三许得此书原本，甚为快意。李盘生当崇祯末年，乱兆方萌，此"十二筹"："筹修备""筹训练""筹积贮""筹制器""筹清野""筹方略""筹申令""筹设防""筹拒御""筹厄险""筹水战""筹制胜"，虑深思周，固亦一有心人也。明代兵家言，自戚继光《练兵实纪》《纪效新书》后，作者至多，皆附图说，偏于实用。亦有辑古语故事者，若《百名将传》《经世奇谋》等。但类多辗转钞袭。此书则合将略、故事及器用为一编，亦多蹈袭语。似为兵家实用之一手册。附图亦甚精雅。

百名家诗选

福清魏宪选　八十九卷存二十二册

（缺一——六）　枕江堂刊本

卷　　一　魏裔介

卷　　二　李　霨

卷　　三　王崇简

卷　　四　龚鼎孳

卷　　五　梁清标

卷　　六　王　熙

（以上缺）

卷　　七　钱谦益

卷　　八　吴伟业

卷　　九　曹　溶

卷　　十　申涵光

卷十一　曹申吉

卷十二　佟凤彩

卷十三　杨思圣

卷十四　戴明说

右《百名家诗选》八十九卷，魏宪辑，盖续《石仓诗选》者。实只八十九家。每家有一小序，足资知人论世之助。"百"字系后来挖改，疑非原来书名。余先有魏氏《诗持》三集，复于传新书局徐绍樵许得此。价甚廉。故虽阙前六卷，仍收之。绍樵云：有《石仓诗选》百二十余册。余力促其出售。未商妥，而先获此。南洋中学有此书全帙，当借钞补足。宪自附其诗于后，不脱明人积习。所选未必皆可观。然其中诗集不传者居多。赖此，得窥豹一斑。

唐十二家诗集

不分卷十四册　明万历十二年杨一统刊本

一　　王　勃集　一册

二　　杨　炯集　一册

三　　卢照邻集　一册

四　　骆宾王集　一册

五　　陈子昂集

六　　杜审言集

七　　沈佺期集　一册

八　　宋之问集　一册

九　　孟浩然集　一册

十　　王　维集　一册

十一　高　适集　二册

十二　岑　参集　二册

上唐十二家诗集十四册，为南州杨一统（允大）刊本。明人编选唐诗者至多，自高棅《唐诗品汇》以下，至冯惟讷《唐诗纪》、张之象《唐诗类苑》、胡应麟《唐诗统签》（仅见戊签及癸签二集）、曹学佺《唐诗选》，无虑数十百家，而合刻数家诗者却不多见。合刻初盛唐诗十二家者,有嘉靖壬子永嘉张逊业本,有晋安郑能本,余皆未见。此本题为"重刻",却未说明系复刊何家者。三家所选十二家,名目皆相同。未知张郑二家孰为祖本。十月二十日,余终日清理书籍,欲脱离古书于虫鼠之厄,奔波于楼之上下,筋疲力尽,乃姑置之。乘车至中国书店,无一可资留恋之书。正欲废然而返,在堆满"廉价"书之桌上忽发见破书一堆,为书贾叶某之物,其中有旧钞本《天启宫词》及此书等。索价不昂,便收得之。自喜不虚此行也。时日色黯淡,西风凄厉,衣衫单薄,渐觉凉意侵人,然挟书臂下,意甚自得,同时获得尚有程荣刊《菇中散集》一册。孙仲逸序此书云:"于时作者众多,篇章繁赘。选醇摘粹,种种相望。苟严于历下,泛滥于新宁,使务精者致憾于多,博摭者遗恨于寡。均之二集,未为折衷。故总唐初四杰及陈沈王孟十二人为集。上尽正始之英,中罗开元之美,外联甫白之华,下杜中晚之渐。有唐之盛,班然备于斯集矣。"虽多溢美之词,然知择此十二家,尚有识力。暇当与他本校之,未始非重辑"全唐诗"之助也。每册均有"御赐天存阁"及"南海康有为更生珍藏"二印,盖自康氏散出也。同时散出者尚有刘侗《帝京景物略》等,悉为平贾所得(北平图书馆亦藏有此书残本)。

嵇中散集

十卷一册　明万历间程荣刊本

　　程荣为刊《汉魏丛书》者。当时承七子之余风，士人竞以刊刻汉魏名著为事。《汉魏丛书》流传甚广，但荣此刻却不多见。不知尚刊有其他汉魏人集否？余颇思多搜罗明人单刊诸子与六朝人集。此愿不知何日可偿。盖限于力，未必能每见皆收也。此刻首有嘉靖乙酉黄省曾序，似重刻省曾本。但其中异处甚多。鲁迅云："程荣刻十卷本，较多异文，所据似别一本。"（《鲁迅全集》第九册《嵇康集序》）鲁迅于此集用力至劬，其写定本已足为定本。然明刊旧本，仍可贵。

莆风清籁集

郑王臣辑选　六十卷十六册

清乾隆三十七年刊本

余不喜收故乡文献，以其过于偏狭，有"乡曲"之见也；尤恶稍稍得志，便事编刊乡里丛著。友人滕固，以介绍希腊、罗马及德国文化为职志，与余有同嗜。及其任职南京，久不相闻问。一旦相见，乃出所刊《宝山文献》诸集见贻。余颇怪其染时习之深。近从事"文学考"之纂辑，乃知地方诗文集之重要，复稍稍收之。然实浩如烟海，不能以一人之力一地之"资"搜罗其百一。聊备其所当备者耳。此《莆风清籁集》余偶得之于抱经堂架上，殊罕见，足资文学考之参订。固非以其乡邦文献而收之也。

第五才子书

金圣叹评点　七十五卷二十册

清雍正十二年句曲外史序刊本

　　此翻刻贯华堂本《第五才子》也，然罕见。首附人物图四十幅，笔致及赞语均臻上乘，颇疑即为翻刻老莲《水浒叶子》者。故余虽已收《圣叹外书》数种，却仍收之。某君曾语余：尝于日本京都某肆得贯华堂本《水浒》，首附老莲画人物像，当即此本。

　　余顷复收得原刻老莲《水浒叶子》一册，与此本图像对校，此本果即翻刻老莲所作者，不出余所料。原刻本所缺刘唐、秦明二像可以此本补之。唯此本将武松、戴宗二赞互易，大误。李逵亦易为手执二板斧。与原作异，原作神采奕奕，此本则形似耳。

石仓十二代诗选

明曹学佺编　存六百六十卷二百四十七册

明崇祯间刊本

　　《石仓十二代诗选》为明代诗选中最宏伟之著作，其明诗一部分尤关重要。《四库全书》所收，明诗仅至次集而止。谓三集以下均佚。《汇刻书目》载其全目，亦谓六集以下为钞本。实则石仓所刻明诗，不止六集。所谓礼亲王府藏本，于明诗六集外，别有明续集五十一卷，再续集三十四卷，《闺秀集》一卷，《南直集》三十五卷，《浙江集》五十卷，《福建集》九十六卷，《社集》二十八卷，《楚集》十九卷，《四川》《江右》《江西集》各五卷，《陕西集》三卷，《河南集》一卷。于六集中，又有：三续集十三卷，四续集九卷，续五集四卷，五续集六卷，六续集二卷，均刻本也（《汇刻书目》作钞本，系据《啸亭杂录》，误）。群目为最足本。尝为陶兰泉所得。后兰泉所藏丛书悉售之日本东方文化学院京都研究所，此书亦东去不返（此本有礼王府藏印，必即为《汇刻书目》所云之本；唯《汇刻》所举，尚有七至十集，此本无。恐《汇刻》误记。以"九集"本即《社集》也。见后）。十五六年前，乃乾尝得残本百余册，中有明诗七集及八集十数册，却又溢出礼亲王藏本之外。后乃乾所藏归于北平图书馆，其中七集及八集则归于南洋中学图书馆。余七年前，尝在北平邃雅斋见此书一部，亦有七集。渴欲得之，以索价奇昂而止。但终在他肆得次集五十余册，载之南归。合肥李氏书散出，中有明诗四集。余未及知，已为平贾所得。秋间，偶过传新书店，得清人词五十余种。徐绍樵云：有《石仓十二代诗选》一百余册，正在装订，其中明诗有八集九集。平贾欲得之，议价未妥。我闻之，心跃跃动。即嘱其为余留下。时未见书，亦未询价也。数日后，绍樵持魏宪《百名家诗选》来，余即购之。宪书盖续《石仓》者，不意竟先得之。叶铭三闻余购《石仓诗选》，亦至。云：彼亦有残本《石仓诗选》百余册。余促其携来。不数日，书至，凡一百十六册，反先于绍樵书归余。自古诗、唐宋元诗、明诗初次三四五集均有，而明诗奇零之极，三集仅有一册。然余竟以高价收之。绍樵书却久不送来。数次速之，一月后，书乃至。凡一百二十册，均为明诗，竟有八集三十余册，《社集》十五册（以其中间标作九集，故绍樵目之为九集），矜贵之至。八集数册及《社集》全部，其卷数均尚为墨钉，未刻。经数日之整理，剔除重复，凡得六百六十卷，二百四十七册。独七集竟无一册，续集则仅存第四十五卷一册；三集亦仅存一册（四卷）。其他各集，阙卷，阙页，比比皆是。然余已感满意。以斯类材料书固不能斤斤于完阙与否也。唯不知何日方得配齐全书耳。即借钞亦不易也。一书

之难得如此！岂坐享其成者所能想象得之乎？八集中未刻卷
数者凡三卷：（一）王留《匏叶诗》（附王醇）；（二）李生寅
《高卧楼集》（附李德继、李德丰）；（三）文元发《兰雪斋
集》。《社集》所收者凡二十九卷，均无卷数次第：（一）陈
璇《玄冰集》，（二）张千垒《舒节编》，（三）陈正学《灌园
集》，（四）陈伟《容阁集》，（五）郑邦泰《木笔堂集》，（六）
林光宇《情痴集》，（七）徐𤎯《幔亭集》，（八）高景《木山
斋集》，（九）崔世召《秋谷集》，（十）陈瞻《四照编》，（十一）
林叔学《兼葭集》，（十二）张燮《藏真馆集》，（十三）黄天
全《葆谷堂集》（附黄尚弘），（十四）吴潜《竹房稿》，（十五）
颜容轩《鸣剑集》，（十六）倪范《古杏轩稿》，（十七）杨叶
瑶《鸣秋集》，（十八）陈翼飞《紫芝集》，（十九）周婴《远
游编》，（二十）林祖恕《山房集》，（二十一）游日益《辟支
岩集》（附游及远），（二十二）李天植《冥六斋草》，（二十三）
陈宏己《百尺楼集》，（二十四）陈鸿《秋室集》，（二十五）
游士豪《□□集》，（二十六）游适游草，（二十七）李岳《湖
草集》，（二十八）王宇《乌衣集》，（二十九）陈仲溱《响山
集》。殆随得随刻，故不记卷数。以作者皆闽人，且皆学伴
同社，故曰《社集》。不知较礼亲王藏本（仅二十八卷，此
本多一卷）异同如何。明诗初集每卷皆附原集旧序或传，次
集以下，则均无之。又一集之中，往往卷数多重复，为例甚
不纯。当是未加整理之作，然明人诗赖此而活者多矣！自余
购此书后，叶铭三知余亦收残书，复持某氏残书目二册来。
中有天一阁旧藏本甚多。余得五六十种，亦意外之收获也！

陶诗析义

明黄文焕编　四卷一册　明刊本

六朝人诗，以《渊明集》刊本为最多。余既收《楚辞》不少，乃复动收陶集之兴。项见正德刊何孟春注本十卷，为平贾所得，索价至二百金，为之愕然。力不能收，亦不欲收。但劫中所得陶诗，实多明刊本，而以黄文焕刊本为较罕见。文焕尝辑《诗经考》，余十年前收得一本。此书不屑屑于字解句注，唯释其大意而已。然多妄赞语，类大宗师之评点墨卷。盖犹是李贽、叶昼、孙矿辈批评诸书之手法也。

碎金词谱

清谢元淮编　六册　又续谱四册

清道光间刊本

　　以工尺谱谱词者，此书当为第一本。余以其多窃取《南
北九宫大成谱》，不甚注意，故虽屡见之，均不收。近来歌
词之风渐盛，且有翻为西乐谱以便唱者。于是此书乃大行于
世，颇不易得。此书有二刻，以写刻本为佳。余前在来青阁
得写刻本"续谱"，顷复在中国书店得宋体字刻本正集。余
集"词"甚多。此书自当在"词山"中占一席地。惧其渐趋
难得，故遂收之。非趋时尚也。

管　　子　二十四卷八册
韩　　子　二十卷八册

明万历十年赵用贤刊本

　　《管》《韩》二子，明刊本不多，且均不佳。吴勉学刊
《二十子》本，无注。唯赵用贤刊本独佳，均有注（《管子》
注，题唐房玄龄撰；《韩子》注，题李瓒撰）。足匹《世德堂
六子》，为《管》《韩》定本。大抵明人刊书，每多窜乱篇章，
任意增删注语，甚乏忠于古本之精神。用贤所刊，则一以
古本为主，谨慎严密，不师心自用。万历末有所谓"花斋管
子"者，朱长春刊，即据用贤本，加以评释。《韩子》旧本，
多所佚脱。用贤始据宋椠校补，力谋恢复原书面目，用力至
劬。相传用贤刊书，均由子琦美助之。琦美即脉望馆主人，
号清常道人，藏书甚富，钞校书亦不少，是明代一最谨慎小
心之读书人。所刊书自是不苟。此二书余同时得于文汇。惜
一为白绵纸本，一为竹纸本，未能匹俪。

萧尺木绘太平山水图画

清张万选编注　不分卷一册

清顺治间刊本

萧尺木《离骚图》，余藏有二本。唯《太平山水图画》则久访未得。十余年前，曾于蟫隐庐案上见一本，正在装订。询其价，不过三十金。思得之，而肆中人云：已为日人某所购。流连数刻，不得不舍去。后见《支那古版画图录》，中收《太平山水图画》一幅，正是蟫隐庐售去之本，印本甚模糊，尚可相识。秋间，偶与石麒谈及此书，深憾未能获得。石麒云：张尧伦先生尝于劫中得一本，甚初印。我闻之，心跃跃动，力恳石麒向尧伦借阅，时余犹未识尧伦也。不数日，尧伦果慨然以此图相假。余感之甚！细阅一过，图凡四十三幅，无一幅不具深远之趣。或萧疏如云林，或谨严如小李将军，或繁花怒放，大道骈骑；或浪卷云舒，烟霭渺渺。或田园历历如毡纹，山峰耸叠似岛屿；或作危岩惊险之势；或写乡野恬静之态；大抵诸家山水画作风，无不毕于斯，可谓集大成之作已！不忍独秘，遂再度商之尧伦，付之印厂。后尧伦闻余收太平天国书数种，甚欲得之。余拟与此图相易。尧伦复慨然见允。于是此"版画"绝作，遂归于余。十载相思，得遂初愿，喜慰何已！所尧伦割爱相贻之情，亦"衷心藏之无日忘之"也！

付印后，某贾见告：某社曾翻印过一本。取得阅之，殊失原作精神，且原本亦非初印者。此本仍有重印之必要。几乎幅幅皆精，故不忍舍去一幅。竟全收于《版画史》之图录中。

礼记集说

元陈澔著　十卷八册

明万历间书林新贤堂张闽岳校梓本

　　此书得于来青阁。版式甚怪，每页上半均空白。寿祺云：此书无用，拟将上半页旧纸截下，作为补书之用。余亟救取之。首有"凡例"数则，述所据之"校雠经文"及所"援引书籍"，为通行本所未见。末页附一图，图绘数鲤向龙门跳跃状，殆坊贾用以祝颂士子者。顷出此书示乃乾。乃乾云：上端空白，当是"高头讲章"，后人铲去不印入者。余本疑其为"高头讲章"本，果然余二人所见略同。

南 柯 梦

汤显祖撰　二卷二册　明万历间刊本

　　此《玉茗四梦》之一，于《还魂》外，此曲刊本独多。余有柳浪馆评本，有臧晋叔改本，顷复收得一万历间刊本，甚精。不知为何人所刊。然实刊于臧本及柳浪馆本之前。附图亦甚精美。数年前余在平曾获一本，甚初印，唯阙末数页，此本则首尾完全。杭州某肆于秋间出一书目，中有明刊《四声猿》及此书，价均廉。余托中国书店购之，但均已为他人所得。《四声猿》归朱瑞祥，复转售于来薰阁。此本则归富晋书社。余以十倍于原价之数，从富晋得之。嗜书之癖，弥增顽强，诚不易涤除也。

重刊河间长君校本琵琶记

元高明撰　二卷二册

明万历二十六年陈大来刊本

《琵琶记》明刊本最多，今所见者亦不下十数本，武进某氏影印之《琵琶记》，号为元刊本，与《荆钗》为双璧，均传奇最古刊本。原本曾藏士礼居，后归暖红室。今则在适园。然实亦嘉靖间刊本，非元本也。北平图书馆得尊生馆本，最精，余欣羡不已。然二十年来，余亦得精本不少。玩虎轩刊本，号为"元本《琵琶记》"，凌初成朱墨本亦自云据元本。别有容与堂刊李卓吾评本，金陵唐晟刊"出像标注"本，则通行本也。劫中，又得魏仲雪评本一种。然大略均不甚相歧。顷复于富晋书社收得陈大来重刊嘉靖戊午河间长君校元本，刊刻至精。唐晟本亦云出河间长君本，然夺去"凡例""总评"及《音律指南》，河间长君序亦不署年日。此本独备。似尤胜尊生馆本。细校之，知玩虎轩本所云"元本"者，实亦据此本。而评语注释多攘窃之迹，而又妄事臆改，不若此本之忠实。此本为朱惠泉物，本欲求售于余，乃为富晋所夺。余必欲得之。乃以二倍之价，归于余。今所见诸明本《琵琶记》，于适园藏嘉靖本外，当以此为最精良矣。

皇清职贡图

董诰等编　九卷九册　清乾隆三十六年刊本

明人多绘苗傜图，施以彩色。清本苗图亦多。余以其皆为写本，不收。明刊《三才图会》《精采天下便览博闻胜览考实全书》及《石渠阁诸书法海》诸书中，皆有"九夷图"，而甚妄诞不经，甚至收及《山海经》中人物。《皇清职贡图》中所刊诸蕃夷，近自西南夷，远至西洋诸国人，则皆写实之作。原序云："非我监臣所手量，我将帅所目击，我驿使所口陈者，不以登椠削焉。统计以部曲区名者凡三百数，以男女别幅者凡六百数。"此语诚可信。此六百幅图像，皆可作"信史"，确非妄为向壁想象者，不啻"册府传信之钜观"也。余在北平曾见一部，以价昂，未收。兹于富晋书社得之。绘图者为监生门庆安、徐溥、戴禹汲、孙大儒四人，刻工未署名。笔法软弱，虽细致而不奔放，盖"匠人"之作也。皇家刻本，大抵皆然。

尺牍新语二集

清徐士俊、汪淇同辑　二十四卷八册

清康熙六年刊本

　　余得《尺牍新语广集》于北平，甚有用。尝于来青阁架上见有《尺牍新语二集》，疑即一书，未加留意。后来青阁《临时书目》印出，载有此书，姑取来与《广集》一校。二书编制相类，取材却全歧。《尺牍新语》为徐士俊辑；《二钞》为士俊与汪淇同辑；《广集》则为淇独辑；俱收明清之际士大夫启札，多有关史实之文字。因复收得。周在浚等之赖古堂《尺牍新钞》三集，亦即其类。余尝得《新钞》二三集，未得初集；此书亦独阙《新语》（即初集）。想均不难配全。

澹生堂藏书训约

明祁承𤑔著　不分卷一册

明万历四十四年刊本

　　《绍兴先正遗书》本《澹生堂书目》首附《藏书约》《庚申整书小记》及《整书略例》；缪筱珊尝刊祁氏之《藏书约》及《藏书训》《读书训》。此书则为万历原刊本，《读书训》《约》及《整书小记》等均备于一编。诸藏书家皆未著录，诚秘籍也。首有郭子章、周汝登、沈璠、李维桢、杨鹤、马之骏、钱允治诸人题序，亦他书所未见者。叶铭三携明刊残书百数十种来，余选购数十种，价甚昂。此书亦在其中，独不阙。余得之大喜。快读数过，若与故人对话，娓娓可听；语语皆从阅历中来，亲切之至。盖承𤑔不仅富于藏书，亦善于择书、读书也。唯甘苦深知，乃不作一字虚语。余所见诸家书目序跋及读书题跋，唯此书及黄荛圃诸跋最亲切动人，不作学究态，亦无商贾气。最富人性，最近人情，皆从至性中流露出来之至文也。谬刻多错字，《绍兴先正》本亦多所删削。稍暇，当以此本重印行世，以贻诸好书者。

读 书 志

明江阴周高起辑　不分卷二册
明万历四十八年周氏玉柱山房刊本

　　余今晨得明刊本《澹生堂藏书训约》一册，不禁大喜，快读数过，余味若犹在舌端。此诚是真藏书人，真读书人之精神也！语语浅近，而无不入情入理。天阴欲雨，清晨皆消磨于斯。饭后微雨，地膏润若暮春时节。余欲访叶某，商购若干明人集残本，便冒雨至中国书店。心头犹带轻快之感。未遇叶而遇石麒。桌上堆满乱书，多为友人某君托售者。好书已去不少。余亦选购数种，皆诗人小传之属。此类材料，至有用。正选时，石麒打开一包云："此为某先生所托售者。"内为《兰桂仙》及《读书志》二书。《兰桂仙》，余已有，遂置之。细阅《读书志》，正似将祁承爍《读书训》扩大数倍之物。不分卷，却分"好、蓄、护、专、癖、慧、适、友、助、激、观、遇、闲"十三部。周氏编纂此书时，与《读书训》刊刻时间相差不过五年，或是受祁氏影响而纂辑者。采摭颇富，而皆不注来历。仍不免明人纂书通病。但甚罕见；亦足为好书者案头常备之物。一日而连获此二书，颇自喜"书"运之佳也。

南华真经副墨

明陆西星述　八卷二十六册

明万历六年刊本

　　明人注诸子，好臆解，不如清儒之笃实。余方集周秦诸子，乃不能弃明人注不收。于罕见单行者，尤锐意购求，数年后或可略具规模。年来所获已十数种。今日过中国书店。郭石麒方自内地回。所得各书，已大半为平贾所得。案上尚余数书，为彼辈所未见。余乃尽得之。中有《南华真经副墨》，刊本精至，书亦罕睹。通帙书法宗颜鲁公，庄重古雅，殊可爱。然其注则不佳。虽分八卷，而三十篇皆自为起讫。此种编法，亦是前无古人。

皇朝经世文钞

陆耀编　三十卷十六册

清同治八年金陵钱氏刊本

　　此书一名《切问斋文钞》；编于乾隆四十年，但原刊本未见。贺长龄之《经世文编》即续此而辑。余陆续收得贺氏、盛氏及光宣间刊印之若干"续编""新编"等。独《文钞》未遑购入。沪战后一二月，旧书贾以篮筐挑书，沿街叫卖。有陈生者曾以此书及其他明版集子问余可购否。余未便夺之，但劝其留下此书。今乃无意于上海书林得之。价奇廉，仅国币二纸。此类书颇有用，不当视如敝屣也。

请缨日记

清唐景崧撰　十二卷四册

清光绪十九年台湾布政使署刊本

　　余尝发一弘愿，欲收清季史料书。然实多至不可胜收，万非斗室所能容。乃先收其较罕见及记述较确实者。于中英、中法、中日及拳乱诸变，均有所得。顷于积学书社得唐景崧《请缨日记》，尤得意。景崧守台湾。中日战后，清廷割台于日。台人大忿，景崧被拥戴为"总统"。违命抗战。虽失败，其事则可泣可歌。此书为景崧身预中法之役，以日记体述其经过者。初刊于台湾布政使署。中有数页阙佚，以铅印者补入。当是携版归后重印于沪上者。

知本堂读杜

清汪灏辑　二十四卷八册
清康熙四十三年刊本

杜甫诗，注者极多，余不耐搜集，几于一种都无。近方收明刊本数种（许自昌刻本，严羽评本等），皆不惬意。此书以年统诗，颇与余意相合。灏自序云："读杜必须编年。孟夫子知人论世遗训也。"又云："合年谱于诗目中，庶读者了然，易于贯彻。"全集共收诗一千四百七首，而以附录殿之。其卷二十四，为"钱宗伯本附录"。凡《哭长孙侍御》以下四十八首；仇少宰本附录，"选存"《汉川王录事宅》等三首；更附"表赋"。清人注辑书，皆慎重将事，不似明人之轻率。不宜以其"近"而弃之也。

陈章侯水浒叶子

陈洪绶绘　黄肇初刻

存三十八页（缺二页）一册　清初翻刻本

　　余酷嗜老莲画。力不能得真迹，则思得其刊木之本，以其近真而不能作伪也。初获《九歌图》，墨色如漆，毛发可数，喜甚。持以较诸本，皆无出余右者。后获睹张深之本《西厢记》，首有老莲图，却不能收得，至今为憾。尝在北平肆文堂得李告辰本《西厢记》，亦有老莲绘图；其莺莺像尤佳，半弛其衣，态荡情醉，若出手迹，不类刷木。又友人周子竞先生藏有老莲绘《博古叶子》，余尝假以付故宫印刷所影印二百册。独老莲《水浒叶子》则屡求而未获一睹。诸家皆无之。某君曾收得《第五才子书》，云其人物图像为翻刻老莲本。然余亦未之见。读张宗子《水浒牌序》（《琅嬛文集》卷一），益深神往。私念不知何日得见此本。月前，于中国书店收得雍正刊《第五才子书》，首附人物图四十幅，疑即是翻老莲作，而未敢确信。昨夜，遇抱经堂朱瑞祥，谈及木刻书，彼云：所藏尚有数种罕见者。有《水浒叶子》，拟付石印，不出售。余喜甚，将信将疑。力促其携来一阅。今日果携来。刻者自署黄肇初，仍是清初的翻刻本。潘景郑先生所藏的那一部才是真正的原刻本。那个本子后来也归了我。曾仔细地对看了几遍，翻刻本虽有虎贲中郎之似，毕竟光彩大逊。

花草粹编

明陈耀文辑　十二卷附录一卷

存四、六、九至十二卷六册　明万历间刊本

　　陈耀文尝著《正杨》，纠正升庵谬处不少，又著《天中记》，盖博雅之士也。《花草粹编》十二卷，又附录一卷，选辑唐宋人词；于诸明人词选中，为甚谨严之著作。所谓"花草"者以"花"代《花间集》（唐五代词），"草"代《草堂诗余》（宋词）也。唯实非"花""草"之合编，其所选尽多出二书外者。此书原刊本甚不易得，即清金氏活字本亦罕见（国学图书馆有影印袖珍本，甚易得）。余尝在中国书店见残本二册为"四库底本"。馆员改易卷次，整齐词例之笔迹尚在（《四库》析为二十二卷，不知何故）。以余未有"四库底本"一册，故收之，以备一格。叶铭三顷又携残本四册来，亦收之。合之，仅得原书之半耳。

三经晋注

明卢复辑　十二册　明末刊本

所谓《三经晋注》者，盖合刻晋王弼注之《周易》《道德经》及郭象注之《南华经》也。卢复《义例》云："谈理莫若晋人。《老》《易》之有弼，《庄》之有象，一曰理窟新义，一曰疏外别解。盖已为象弼之书，非复羲文，柱下，漆园之书也。"于《易》外，《老》《庄》二书，均附李宏甫、袁中郎、刘孟会、杨用修、孙月峰之批评于眉端。此亦明人刻书之癖习。顷见来青阁书目有此书，以其不多见，且甚廉，遂收之。明刻诸子，以正德嘉靖间所刻者为最不苟。万历间赵用贤刊《管》《韩》二子亦佳。启祯时所刻者则类多急于成书，未免草率将事。此书亦其一也。

古文品内外录

明陈继儒辑 《品内录》二十卷八册

《品外录》二十四卷十二册 明万历间刊本

《古文品外录》为万历间陈继儒选评，首有王衡、姚士粦二序及总校全书姓氏。所选皆为旨远情深之文，凡三百余篇。初无《品内录》之名也。二书版式亦绝不相类。《品内录》首有眉公序，所选自《考工记》以下至唐宋诸家文，二百余篇。每卷书名上所列陈眉公三字，似均系挖改补入。颇疑眉公序亦伪作，殆坊贾以《品外录》盛行，遂别选《品内录》以匹之。后更冒名以资号召。凡万历崇祯间诸坊本，号为眉公评选者，殆皆此类。余曾藏《品外录》一部，以此本璧合《品内》《品外》二书，甚可怪，故复收之。

劫中得书续记

序

　　余于三月前辑劫中所得书诸题跋为《劫中得书记》，实未尽所得之十一也。友好见之，乃妄加策励；并有欲诱之使尽所言者。斗室孤灯，寂寂亡抃，乃复丛集诸书，钞录各跋。并续作新得各书之题语，汇为《续记》。夫余所得，较之天壤间因劫所失者何啻九牛之一毛，固不足以语于收拾劫灰之残余；即就余所已烬者言之，亦仅得十之二三耳，复何沾沾之不已邪？然私念古籍流落海外，于今为烈。平沪诸贾，搜括江南诸藏家殆尽；足迹复遍及晋鲁诸地。凡有所得，大抵以鬻之美日为主。百川东流而莫之障，必有一日，论述我国文化，须赴海外游学。为后人计，中流砥柱之举其可已乎？顷见上海三月八日各报载：

　　（哈瓦斯社华盛顿航讯）美国国会图书馆东方部主任赫美尔博士，昨就中国图书输入美国情形，发表谈片，略谓："中国珍贵图书，现正源源流入美国，举凡希世孤本，珍藏秘稿，文史遗著，品类毕备，国会图书馆暨全国各大学图书馆中，均有发现。凡此善本，输入美国者，月以千计，大都索价不昂，且有赠予美国各图书馆者，盖不甘为日人所攫，流入东土也。即以国会图书馆而论，所藏中国图书，已有二十万册。为数且与日俱增。由此种情形观之，该国时局今后数年内，无论若何变化，但其思想文化，必可绵延久远。稽之史乘，古罗马帝国瓦解后，陷于黑暗时期者，历四世纪之久，远东中国不虞其若此也。抑中国国有各藏书楼所藏书籍，想已安然运来美国，目下所运来者，多系私家藏书，其中大部分原属中国北方之名阀世家所有，盖其祖先往往诰诫儿孙什袭珍护，永世弗替，故凡一经庋藏，便尔秘不示人，后之学者，虽求观摩而不可得也。曩者，余尝求见一珍本，主人欣允，然亦须征得其族人之全体同意，始得一睹，其难可知。唯因此类书籍之弥珍，故为任何学者所不获寓目，敢信其中必有丰富之宝藏。今既流入美国，尔后当予学者以机会，俾为探讨此种丰富之智识源泉，而大规模之编目工作，亦待着手进行。若干年前，北平有文化城之目，各方学者，荟萃于此，诚以中国四千余年以来之典章文物，集中北平各图书馆，应有尽有，自今而后，或将以华盛顿及美国各学府为研究所矣。抑中国伟大的典章文物之流入美国，对于美国思想界，亦必有相当重大的影响，盖中国文明，乃社会民主政治之极则，与美国文化，殊途同归，而美国教会儿童之生长中国者，原已将中国哲学气息，渗入美国生活之中，所望尔后美国全国学生，于本国永久贮存之中国伟大学术富源，多加研讨焉。"

（路透社七日华盛顿电）国会著名图书馆东方组主任赫墨尔顷称："极可珍贵之中国古书，从战火中保全者，现纷纷运入美国。中国藏书家将其世藏珍本，以贱价售之，半为避免被日人掠去，半为维持其难民生活。国会图书馆本有中国书籍二十万册，今在华购书之代表又购进数千册，尚有许多将分置于全国各大学之图书馆中，无论中国如何，然寄托于文字中之中国灵魂，将安然保全于美国，故中国局势，将与罗马陷落致欧洲发生四百年黑暗时代之情形相似。"渠预料将来研究中国史学与哲学者，将不往北平而至华盛顿，以求深造。中国藏书家之出售其书籍，实出于不得已，与其听令永远丧亡，不如由同情的外人收藏之为愈。渠以为中国古书之大批输入，当可补救泰西物质主义，盖中国文化实在社会民政与技术发展中代表人类之更大进步，可使人类安居无扰也。近已运抵美国之中国书籍中，有数千种系地方之史乘，如府志、县志之类，此种史乘中，对于女子事业纪载颇多；其他为法律书及判例，此亦外人前所罕闻者也云。

赫美尔之言，虽未免邻于夸大，然涓涓不息，其所言必有实现之一日则可知也。美国哈佛及国会诸图书馆，对于"家谱""方志"尤为着意收购；所得已不在少数。尽有孤本秘籍入藏于其库中。余以一人之力欲挽狂澜，诚哉其为愚公移山之业也！杞人忧天，精卫填海，中夜彷徨，每不知涕之何从！虽近来收书，范围略广，然为力所限，每有见之而不能救者。且自开岁以来，生计日艰，余囊已罄，节衣缩食，所得不过寥寥数十种。余之苦心孤诣，索解人其可得乎！每劝友辈购书，而大抵亦皆清贫如洗，所入仅敷数口之食，竟亦不能从事于此也。而江南自经此次兵火劫掠之后，诸书院、书局及私家所存之版片，亦多残缺不全，或且全部付之劫灰。乱定后，即求光宣间所刊之普通图籍，恐亦有苦于难得之叹矣。闻南菁书院之《续经解》版片已烬于火；浙江书局之《九通》版片，广雅书局所镌诸书之版片，常熟、苏州各地私人所刊书之版片，亦均十九不存。或为兵丁持作爨具，或为平民攫去作薪柴。即有幸免于难者，亦往往残阙不全，修补为难。且今兵事方急，烽火未宁，即若干此时幸免于劫之版片，其运命亦尚在未可知之天。呜呼！文化之遗产，历劫而仅存者其能有几乎！故余不仅苦心婆口，敦勉藏家之网罗放失，且亦每每劝励书贾辈多储有用之书，以为将来建国之助。曾见一人持书单一纸，欲购《九通》或商务版之《十通》，开明版之《二十五史》，足迹遍此间坊肆，急切间竟不能得其一；即并任何版本《九通》或《二十四史》，亦并不能存一二部于架上。诚可哀已！余困居斗室，储书之所极窄小。于此等书竟亦未能收藏一部两部。有力者或将闻风兴起，有意于此乎？综余劫中所得于比较专门之书目、小说及词曲诸书外，以残书零帙为最多。竹头木屑，何莫非有用之材。且残书中尽有孤本秘籍，万难得其全者。得一二册，亦足"慰情"。藏书家每收宋元残帙，而于明清刊本之残阙者多弃之不顾。余则专收明刊残本，历年所得滋多。将别为《三记》一篇，专收残帙之题记焉。是为序。

中　州　集

金元好问辑　十卷十册　汲古阁刊本

末附《中州乐府》一卷

汲古阁刻《中州集》，后附《中州乐府》，余久欲得之。以其有石印本，因循未收。近校《中州乐府》，乃亟思得一本。月前在中国书店见到一本，印工尚好，价亦甚廉，欲取之而未言。适性尧亦在，为其捷足先得。余询性尧：可否见让。性尧却坚欲得之。余甚怏怏。石麒云：此书不难得。再有，必代留。不及旬日，果复见一部，印本极佳，远胜性尧所得者。乃即携归。惜中阙一册。石麒云：原系全书，必不阙。然在该肆桌上架上却遍索不获。数日后，该肆送来所阙之一册，盖得之乱书堆中者。此不难得之书也，得之，乃亦大费周折，可叹也！《中州集》以董氏影刊元本为佳。《四部丛刊》曾据以复印。汲古本《中州乐府》尽去作者小传，却不知张中孚、王浍、"宗室从郁"及折元礼四传，未见《中州集》，不应一并删去。此可见毛氏校勘之疏忽，而影元刊本之足贵益著。书贵旧刊，实非仅保存古董也。乾嘉诸老，往往重视影抄旧本，几与宋元刊本等量齐观，良有以也。

重刊宣和博古图录

三十卷十六册　明万历间郑朴刊本

宋刊本《宣和博古图录》，并一页亦未之见。今所见者多为元重刊本。余尝得皮纸印残本数册。细阅之，却是明翻至大本。嘉靖时，蒋旸尝缩小图型重刊之。今此本亦罕遘。独泊如斋本盛行。顷郭石麒以万历间郑朴重刊蒋本见售。绵纸初印，古朴可爱。余访蒋本不能得，念得郑本亦佳，遂收之。盖郑本实亦不多见也。后又见郑本二部，均竹纸后印者，不若余此本之精绝。顷以曝书检出，复细细翻读一过，甚爱重之。与此书同时收得者有夏树芳《玉麒麟》二册，亦为白绵纸初印本。

佳日楼集

明方于鲁撰　十三卷六册

明万历三十六年刊本

　　方于鲁《佳日楼集》为明人集中最罕见难得者之一。程君房、方于鲁墨讼案，哄传当代。程氏《墨苑》至附《中山狼传图》以诟于鲁。然当时士大夫中，亦有左祖于鲁者。方诧于鲁《墨谱》中何以无一语以自辩解，今得此集，见所附续集《师心草》中乃有《喻谤》一文，则于鲁亦未尝不欲有所言也。《喻谤》序曰："古人有言，息谤无辩；又曰：止谤莫如自修。自余罹难以迄于今，与仇面绝十余年，何谤书层见叠出！余未尝以一字答之也。大都因诗忌名，因墨妒利。谤从二者而生焉。夫墨以磨而知真赝，以试而测底里。法眼有在，何用谤为！余既不能已谤，不能弭谤，不能有辩，不能无辩。于是作《喻谤》之篇，托为鱼登日之辩。游戏笔墨，将以解嘲。"文末乃云："既不能投之山鬼，又不能屏之岛夷，将使侠者扼其喉而断其舌，仇者残其形而鞭其尸。彼斯恶之为害，谁能甘其肉而寝其皮。"则亦至破口大骂矣。余因收集版图，用广搜《墨苑》《墨谱》诸作。兰泉所藏诸墨图，除汪氏《墨薮》已于十年前归余外，其彩印本《墨苑》亦于今岁暑中归余。但《方氏墨谱》及方瑞生《墨海》等书，则归张氏约园。余于他处亦获得《墨谱》《墨苑》初印本，且所得不止一部。所未得者唯《墨海》耳。因《墨谱》诸书乃连类推及而欲收程方诸家集。程集绝不可得。方集则今方遇之，亦兰泉物也。由孙实君转售于余。闻兰泉年内奇窘，故不得不斥售所藏书。急景凋年，不祭书而去书，其心境之恶，亦可知矣！于鲁诗殊不恶，故李维桢、屠隆诸序皆盛推之。得此不仅得一程方公案之文献，且亦得一晚明之佚著也。独惜未能并获程氏诸集耳。

史　外

清汪有典撰　八卷四册　清同治刊本

　　傍晚，驱车赴文汇书店小坐，睹案上有待装钞本《史外》四册，小字密行，钞甚旧，而字不工，即携之归。盖以其卷数甚多（三十二卷），与通行本不同，疑有溢出者。置架上数日。又至秀州书社购得刻本《史外》四册（八卷）。以一夜之力，细细校过。二本分卷虽不同，而内容不殊，文字亦绝鲜可资校勘处。且抄本讹字触目皆是，反不若刻本之佳。书贵旧抄，尤贵宋元人集之旧抄者，以其足以补正四库馆臣之妄删乱改也。若斯类抄本，实不值一顾。遂舍抄而取刻（后闻此抄本售于某，得善价。盖彼辈仅耳闻旧抄可贵，而不知旧抄之所以可贵者何在也）。

帝京景物略

明刘侗著

　　余甚喜读刘同人《帝京景物略》；亦若余之喜读张宗子文也。朱竹垞《日下旧闻》杂辑他书以成之，不若《景物略》之轻茜窈渺，体物入微。前在北平，曾得《景物略》一部，以其价昂，复退还某肆。然实念念不忘此书。劫中，于中国书店见南海康氏散出书中有此书一部；惜为平贾某所夺去，未能收得，怅惘无已。顷过树仁书店见其架上有此书，亟取下。然其价竟较康氏藏本倍昂，而与平肆前时所索者略等。以不欲再失去，乃挟之而归。灯下披读，如见故人。不厌数回读之书，斯其一已。故都沦陷，未知何日得重游，在在皆足触动悲楚之感。东京梦华、武林旧事，低徊怆恻，倍增忉怛。然中兴非梦，恢复可待，他日挟书北海，朗声长吟，为乐殆无量也！

太平三书

清张万选编注　十二卷一册
清顺治间刊本

　　余得萧尺木《太平山水诗图》后，友人某君致函云：有《太平三书》并《太平山水诗图》求售，欲得之否？余不自意，此绝难得之书，乃竟先后有二本出现，且均能归余，殊喜跃不禁！遂毅然复收之。书来，《太平山水诗图》一卷，乃后印模糊者。唯《太平三书》佳甚，极初印，恰可与余前所得者配合成一完书。"四库"所收，有《太平三书》而无《诗图》。盖当时馆臣亦未见《诗图》也。北平图书馆所藏之一本，亦阙《诗图》。疑当时《诗图》本别行，故传本往往有书而无图。然《诗图》本为书之第一卷，不知何以独阙之。唯书亦不多见。得之，亦甚自喜也。

瑞世良英

明金忠辑　五卷五册　明崇祯间刊本

　　余酷爱版画，尤喜明人所镌者，故每见必收得，一若余之搜购剧曲、小说诸书者然。坊贾知余喜此类书，每收得，必售之余。然每每亦故昂其值。寓平时，余之天和厂宅中，几无日不有三五书贾之足迹。有刘某者，本为九经堂伙友，后出而自立门户，至余家尤勤。余所得诸精品中，若宋刊《天竺灵签》等书，皆为彼所持售者。然索价则往往高昂绝伦。余渐疏之。彼尝持也是园旧藏明刊《天文图》等书四册来，索四百金。余以其昂，未之收。再询之，则已他售。引为永不能忘之一大憾事！后又持残本《御世仁风》二册见售。无首尾，并书名亦不存。且每页均经截割重裱，书品极尘下。唯尚初印，且价亦廉，遂收之。孝慈处有此书全本。故余意：得此残本亦佳。孝慈本后归北平图书馆。十余年来，迄未再遇第三部。余乃益自珍此残本。自余得此本后数月，刘某复携《瑞世良英》四册来。价乃奇昂。余深喜是书，而怒其妄索高价；抑之。分文不让。乃忿然退还之。后知为孝慈所收。喜其得所，且喜仍可得借读也。孝慈卒，乃不知此书流落何所。孙实君从兰泉许得书甚多，此书亦在其中。盖又从孝慈许转归兰泉，兹复散出也。余如见故人，立收得之，不问价也。不意乃较刘贾所索者尤昂。余念：此次不能再交臂失之矣。遂毅然留下。所费几尽一月粮。自笑书癖之深乃至于此。劫火弥天，黄流遍地。报国无方，乃复抱残守阙，聊以自慰，亦可哀矣！

席刻唐诗百家

清席启寓编　六十册　清康熙间刊本

　　余数遇席刻《唐百家诗》，皆未之收，盖以其颇易得，且有扫叶山房石印本也。年来，收唐人集颇多，乃欲得一席本。急切间，未遇一部。屡访之坊肆，皆无此书。顷至中国书店，见平沪诸贾纷集，若有所待。询之，云：郭君方自城中得盛氏书数十捆，即可至。余乃亦坐候。书至，中乃有席刻《唐诗》及《唐诗类苑》。遂选得之。余已有《古诗类苑》，故欲并得之《唐诗类苑》也。席氏所刻唐诗，从宋本出者不少，刊印亦精。唯亦若纳兰容若刊之《通志堂经解》，皆经重写，改易版式，面目全非。大是憾事！盖其时风尚如是也。今宋刻本唐人集存者屈指可数。绛云楼所藏宋版《唐诗》三十册，已荡为云烟，不可一睹。若席氏能竟摹宋版，其功当尤伟。独惜影宋刊本之风，至乾道而始盛。汲古主人亦仅知抄本之应影宋而不知翻刻宋本。盖翻刻宋本之风，至明代嘉靖后即中绝矣。

唐诗类苑

四十卷　明万历间刊本

　　余既得《古诗类苑》，乃思更得《唐诗类苑》。以此类书虽非上品，然搜辑之功，究不可没，且余方收唐人集，得此，亦甚有用。数月来，遍访各书肆，竟未能得。石麒近从城中购得盛氏书数十捆，多常见之物。唯中有席刻《唐百家诗》及《唐诗类苑》，余乃并收之；价且奇廉。明人辑书，于一二大家外，往往因陋就简，徒供举业词章之用，而不知学问之道。此书亦其一也。本是"全唐诗"，自应以时代与人为次第，却琐琐分类，不伦不类，不知编者何不惮烦至此也。臧懋循辑之《古唐诗所》，亦有此弊。固远不如冯惟讷《诗纪》、梅鼎祚《诗乘》《文纪》及《唐诗纪》之有裨"诗学"，有关"诗史"也。唯椎轮为大辂之始。明人所辑唐诗，自朱警《唐百家诗》以下，迄未见全帙。胡震亨之《唐诗统签》，今传于世者仅戊癸二签，则我人所见之"全唐诗"，自当以此书之辑为其祖祢焉。明末，钱谦益始有志于辑"全唐诗"，后其稿为季振宜所得，乃踵成之，即为康熙间所刊《全唐诗》之底本也。

琅嬛文集

明张岱著 四册 清光绪间刊本

　　张岱之《石匮书》，余几得而复失之。其《琅嬛山馆笔记》则十余年来遍访未得。其《橘中言》，尝于亡友马隅卿先生许得一读，今则沦陷于故乡，并录一副本而不可得矣。余于宗子，何缘之悭也！岱所著，得时时置案头者，唯《陶庵梦忆》《西湖梦寻》诸书易见耳。最后，乃获《琅嬛文集》四册。此书非难得者，昔尝收一不全之抄本。顷过福煦路书摊，见有此书刻本，亟与论价得之，价奇廉。携归，快读数过，若见故人。岱为明末一大家，身世豪贵，历劫，乃家资荡然。然才情益奇肆；一腔悲愤，胥付之字里行间。《梦忆》一作，盖尤胜《东京梦华》《武林旧事》。其胜处即在低徊悲叹，若不胜情。

十竹斋印存

胡正言篆　四卷四册　清顺治四年刊本
又《胡氏篆草》　不分卷一册

　　平贾孙实君于陶兰泉许得明版书数十种，正在打包寄平。余匆匆翻阅一过，检出《方于鲁集》《毛古鹭集》及《十竹斋印存》三书，云：余欲得之，勿寄出。实则，余所欲者不止此；以阮囊羞涩，仅检最所心喜者购之。实君立交予携归。时年关将届，余所存不足三百金。乃与实君商，先付书价之半数。彼亦允诺。在此三书中，余所最留意者，尤在《十竹斋印存》。此书余在平时，曾于某肆一睹之。以其价昂，未之购。不意乃为兰泉所得，且终归于余。余于"印谱"素不留意，前曾遇一《赖古堂印谱》，价奇廉，亦未收。此以其为十竹斋胡氏之作，乃收之。盖余于十竹斋所刊书，几于见无不收。收十竹斋版书最多者，国内似当以余为首席焉（唯最重要之《十竹斋画谱》，初印本仅有二册）。携归后，细细翻阅《印存》一过，乃复有奇获。《印存》凡四卷，首有"丁亥"周亮工序及杜濬诸人序。按"丁亥"为顺治四年，亮工序仅署"甲子"而不序年号，盖时犹为遗民，未仕"新朝"也。正言于明末弘光时旅居南京，尝供奉宫廷。国变后，起居一楼，不屈节。年已逾七望八，以篆刻为生。《印存》四卷中，所刊刻之印章，故多为忠臣烈士及诸遗老（间亦有后仕"新"朝者，然其时则皆是遗民也）。自钱士升、倪元璐、范景文、杨文骢、冯如京、孙必显、徐石麒、钟惺、谭元春、王思任、杨嗣昌以下，凡百余家。中有"史可法""道邻"二印，尤为可宝。而龚鼎孳、周亮工、杜濬、萧士玮诸人印章亦预焉。盖包罗万历末至顺治初之诸文士名流，亦以见胡氏生平交游之广也。印章皆押于开花纸页上，其色彩至今犹焕耀鲜明。气魄甚大，不拘拘于摹拟秦汉印。吴奇跋云："曰从《印存》，奇不欲怪，委曲不欲忸怩，古拙不欲矜饰。是亦余所心折者矣。余尝谓藏锋敛锷，其不可及处全在精神。此汉印之妙也。何必糜蚀残驳，宛出土中，然后目为秦汉！"此语诚足针今印人之失也！末附《胡氏篆草》一册，则皆为"出游五岳，归卧一丘""纫秋兰以为佩""文章有神交有道"诸"闲章"。

毛古庵先生全集

明毛宪撰　十卷四册

明嘉靖四十一年刊本

　　《古庵集》十卷，为其子诉所刊，首八卷为文，后二卷为诗，末附《毗陵正学编》。古庵为弘治正德间人，笃志好古，专致本然之良知。"知行并进，着实践履。"于阳明之说"虽心服其高明，然不敢轻变其学以从焉"，然实深受阳明之影响。此集甚罕觏。原为陶兰泉氏所藏。余从孙实君许得兰泉藏之《十竹斋印存》《瑞世良英》，同时并得此集。首有清末其裔孙鸿达手跋，当是从其家散出者。

皇朝礼器图式

十八卷十八册　清乾隆间刊本

　　一书遇合之巧，殆无过于余之收得《皇朝礼器图式》。初，余在中国书店，见平贾王浡馥打包寄平之书中，有残本《皇朝礼器图式》九册。略加翻阅，见其印本甚佳；衣冠之花纹、毛片，极为细密光致。虽非上乘之版画，然殊精工可爱。便对店中人云：此书余欲得之，可留下否？数日后，再过之，闻此书终于寄去。余心殊怏怏！但店中忽复收得此书五册，石麒云：此五册足配前九册，系从同一家散出。余即收得之。并嘱其作书至平，将前九册寄回。十日后，书果寄来。唯已三倍其售价。然余竟收得之。此十四册，装潢一律，果是一书。细阅之仍缺四册。私念：此一书将终无能配全者矣！顷于傍晚过传新书店，与绍樵闲谈。见某贾正以残书一包，与绍樵论价。中有残本《三才图会》数册，绍樵指以示余，云：郑先生正收《三才图会》，此数册可售予之。余颔之。复翻阅他书，忽见有《礼器图式》四册杂于其中。余立检出，讶其装潢与余所得者酷似，即询其从何处得之。某贾云：与前售予平贾之九册同出一家。余知其必为所佚之余册，立与论价，得之，持归，与前十四册合之，果为一书，竟完全无阙。深叹其巧合！夫时近二月，地隔平、沪，书归三肆，余乃一一得之，复为之合成全帙，快何如也！书之，不仅见余访书之勤，亦以见有心访购，终可求得。费一分力便得一分功。一书之微如此，学问之道亦然。然在劫中散佚不全之书多矣！此书固幸，却亦为无数散佚之书浩叹无穷也！

宝古堂
重　修　**宣和博古图录**

存第二十三、二十四卷二册　明万历刊本

　　明代所刊书，往往被后人攘窃，作为己有，而于新安所刊者为尤甚。盖徽地产良材，所镌书版，坚致异常，易代而后，每完好如初。版片售去后，得者略易数字，便成"新刊"。知不足斋印之《列女传》，为最著之一例。黄晟印之《三古图》，其原版亦是明代泊如斋所刊。然少有人知"泊如斋"三字亦是后来挖改者，最初之印本，乃是宝古堂所镌。今人知有泊如斋者已稀，更无复知有宝古堂者矣。《邵亭知见书目·考古图条》下，注云："丁禹生有《宝古堂重修考古图》十卷，刊印精绝。"则宝古堂并刊有《考古图》矣。但邵亭未悟泊如斋之版片即是宝古堂所遗下者。殆未见其书欤？余于明本版画书无不收，即对于一页半幅之残片亦加意收下。故得独多，所见亦较广。昨在中国书店，遇朱贾惠泉，云：新收得残书数种。余索阅之，中有宝古堂《博古图录》二册，即收之。石麒云：宝古堂本《博古图》从未前见。余则疑其与泊如斋本为同一版片。唯原为白绵纸初印本，而所见泊如斋本则大抵皆竹纸后印者。此可证泊如斋本为攘窃之宝古堂者。携归后，取泊如斋本细校一过，果如余所料。

养正图解
玩虎
轩本

明焦竑撰　残存一册　黄鏻刊
又清初印本二卷二册

明新安汪光华玩虎轩镌行戏曲书不少，亦万历季年一重要之书肆也。余尝得其所镌《琵琶记》，又从汪树仁处，得其所镌《红拂记》半部。月前树仁又送来玩虎轩本《养正图解》残本一册（残存祝世禄序及卷上八页），余不以其"残"而斥去，仍收之。然今乃得其用。至友某君为余在平得白绵纸印《养正图解》二册，价近百金，殊昂。此本有康熙己酉曹钤重刊序，标题亦署作《重刊养正图解》。然细察其图式与字型，真是明代刊本，图式绝精工，万非康熙时人所能及，余疑莫能决。顷因检理所藏版画书，乃取此本与玩虎轩残本一对读，竟是一本。不过曹氏本刷印在后，图中细致之线条已有模糊并合之迹。盖玩虎轩本版片在清初为曹氏所购得。曹氏乃攘为己有，云是"重刊"，欲以湮其攘夺之实。若余不收得玩虎轩本，几无不为其所愚者。

可见复本残帙，殆无不有可资考证之处也。祝世禄序云：
"镌手为'黄奇'。""黄奇"二字，玩虎轩本原作"黄鏻"。
则玩虎轩本之插图，其刊刻实出黄鏻手。博闻多见，诚为
学之要著哉！

藿 田 集

范驹著　十三卷　附《岳班集》　范日觐著

　　清人集多不胜收。余所取者仅千之一，而皆为案头所需者。间亦取"词"人诸集。而于集后附"曲"者，则每见必收之。盖余尝辑《清人杂剧》，并欲编清人散曲为一书也。因之，亦得"僻"集不少，《藿田集》其一也。范驹为东皋人，集中以"赋"为多，"诗""文"不及三卷，其第十三卷则是"曲"；散曲十余套以题"照"者为多，仍是清人习气；末附"戏曲"《送穷》一篇，则为《清人杂剧》之资料也。"这穷鬼非但算个吉神，亦可当个益友。不须为逐贫之扬子云，转该做留穷之段成式矣。"驹盖为穷不得志之士，有激而言者。《岳班集》为其子日觐所著，首为"诗"，后为"曲"为"词"，"曲"仅二套。此书刊于道光间，为驹婿张金诰所辑。中经太平天国之乱，版片必已毁失，故传本甚罕见。

子 华 子

程本著　明金之俊评阅　十卷二册
川南雷鸣时刊

　　《子华子》，伪书也，首有刘向序，亦伪作。然明单刊本则不多见。此书明代川中刻本，版片至清犹在，故附有康熙甲寅吴琯跋，及雍正五年李徽序。金之俊所评，纯是明人习气，无足观。余于中国书店书堆中见之，以其罕觌，乃收之。

云林石谱

宋杜绾著　三卷一册　明新安程奭刊本

《云林石谱》一书，于"丛书"本外，所见皆传抄本。顷乃于中国书店得一万历程奭单刊本，为之狂喜。盖今日所见之刊本，殆未有早于此本者。而此本迄亦未有人知之。首有高出序。出序云："汉唐以来，所谓石，犹是碑版文字耳。无好真石者。好真石，起于近代。如米海岳翁，以奇癖著称。后人颇多仿。则物色辨识，核于贾胡，进退取舍，严于律令，又增一家赏鉴。好事至涌直千万，削赝欺者矣。"盖"石"之赏鉴，起于宋，盛于元，至明而大炽，乃成画家一派。倪云林拳石小景，于尺幅寄江山万里之思，尤为伟观。明清人"石谱"不少概见，而皆托始于此书。绾字季阳，号云林居士，山阴人。所收自"灵璧石"至"石棋子"，凡九十三品，每品说明甚详，独惜未有"图"耳。

唐诗戊签

明胡震亨辑　二十册　明末刊本

　　《唐诗纪》仅辑成"初""盛"二纪而未及"中""晚"。胡震亨之《唐诗统签》则网罗全代，弘富无比。惜《统签》迄未见有全书。故宫博物院曾藏有一全部，殆是海内孤本。不知今尚无恙否？坊间所流行者唯《戊签》与《癸签》耳，《癸签》辑"诗话"，《戊签》则足以补《唐诗纪》之未备，皆为研讨唐诗者所不能不置于案头者。余去岁访得《戊签》一部，尚是明代初印者。惜阙佚数十页。配全想亦不难。

唐 诗 纪

明吴琯编　一百七十卷　明万历间刊本

　　余力不能得宋元本唐人集。"书棚"本、"蜀"刊本之小集与李杜元白诸集，价等经史，虽间有遇者，亦无能致之。仅于去岁，以廉值得元刊之韩柳二集。韩集且阙一册。不得已而求其次，唯求多得明刊本各集耳。余求《古诗纪》至数载，近始获一残本，一竹纸后印全本。求《唐诗纪》亦至数载，近乃得一万历吴氏刊本。《唐诗纪》编纂谨严，与《唐诗类苑》之分类杂糅者不同。尝于季振宜辑《全唐诗》底本中，见一嘉靖刊本《唐诗纪》，分上下二栏，上栏甚狭窄，载校勘及音释，下栏为本文。今万历本，则校勘及音释均杂入本文中矣。《唐诗纪》仅成"初""盛"二代，"中""晚"惜未著手。然搜辑之勤，已足沾溉后人。余得此书于叶铭三许，初仅得半部，后乃配全。寒士之得书，诚不易也！

唐诗纪事

八十一卷二十四册

明嘉靖间张氏刊本

《唐诗纪事》八十一卷，宋计有功撰：因诗存人，因人存诗，甚有功于"诗"与"史"。论述唐代之诗史者，自当以此书为不祧之祖。余初仅得医学书局石印本，后又得商务影印洪楩刊本。唯商务本阙洪氏序，余尝借群碧楼藏本补全。尚有嘉靖间张氏刊之一本则迄未收得。平贾王某顷寄来古籍数十种，中有张刊本《唐诗纪事》，价颇廉，尚为余力所能及，乃收得之。尝见钱谦益辑《全唐诗》（后由季振宜补全），凡一百十余巨册，皆剪裁明人所刊诸唐人集粘贴而成者；其诗人传记一部分，则于新旧《唐书》外，以取诸《纪事》者为最多。可见此书之重要。元辛文房《唐才子传》所收不过百许传，而《纪事》所收者则凡一千一百五十家。余久有志于重辑唐诗，故甚欲得《纪事》诸本，校勘一过，作为"定本"，以资引用。张刊本之收得，自是得意。"校勘"之工。虽若奢靡，实则为基本功夫之一也。

唐音癸签

三十六卷十六册　明末刊本

胡震亨既辑《唐音统签》，复搜集关于唐诗之评论成《癸签》一书。其用力之劬，不下于计有功之《唐诗纪事》，尤袤之《全唐诗话》；而于明人诗话，所收尚多；尽有今日不易得见之本。余既得《唐音戊签》，复访《癸签》，久未得。后乃见一本于某肆，索价奇昂，弃之不顾。平贾孙实君顷持书单一纸，中有此书，余乃亟收得之。余欲重辑唐一代诗，立愿已久，思先集诸家评论为一集，此书亦一重要之取资渊薮也。故宫博物院所藏之《统签》一部，今未知已救出否？如能付之重印，则此奇籍将藉为重辑之底本。不知此愿何日得遂。清人刊《全唐诗》，其诗人传仅寥寥数语，不足为知人论世之助。季辑《全唐诗》底本，虽传语较详，然亦不甚完备。故重辑之功，仍当以此《癸签》为主而再加以展拓者也。

燕京岁时记

长白富察敦崇撰　不分卷一册

清光绪三十二年刊本

清远道人尝致书其友，痛诋北平之风土，以为不适南人，俗谚亦有"无风三尺土，有雨一街泥"之说。然汤氏久为南都闲曹，或有所激而云然。而自民国建立以后，北平市政亦已大易旧观，若干重要之大道皆整洁平直，不让其他大都市。而北平之"美"乃毕见。尝于春日立天安门之石桥上，南望正阳门以内，繁花怒放，红紫缤纷，自迎春之一片娇黄，至刺梅之碎雪飘零，几无日不在闹花中过活。每独自徘徊于花影之下，不忍离去。而中山公园牡丹、芍药相继大开时，茶市尤盛，古柏苍翠，柳絮扑面，虽杂于稠人中，犹在深窈之山林也。清茗一盂，静对盆大之花朵，雪样之柳絮，满空飞舞，地上滚滚，皆成球状。不时有大片之白絮，抢飞入鼻，呼吸几为之塞。夏日则荡舟北海，荷香拂面，时见白鹭拳一足独立于木桩上。远望塔影横空，钓者持长杆静坐水隅，亦每忘其身在闹市中。至秋则菊市大盛。西山之红叶，似伸长臂邀人。鲜红之柿，点缀枝头，若元宵灯火。冬则冰嬉风行，三海平滑如镜，甚羡少年儿女辈之飞驰冰上，纵横转折，无不如意。白雪堆积街旁，至春乃融。冰花凝结窗上，尤饶兴趣，而腊鼓声催，家家忙于市年货。古风未泯，旧俗依然。而四时庙会不绝，别具风趣。废历元旦至灯夕之厂甸，尤为百货所集；书市亦喧闹异常，摊头零本，每有久觅不得之书，以奇廉之值得之。余尝获一旧抄本《南北词广韵选》，即在厂甸中某摊头议价成交者。夏日之什刹海，亦为一大市集。尝听雨楼头，阵雨扫过荷叶上，声若瀑泉迸出，清韵至佳，至今未忘。总之，四时之中，殆无日不有可资流连之会集，无时不有令人难忘之风光。今去平六载矣！每一思及，犹恋恋于怀。独恨当时人事倥偬，未能遍历平市繁华耳。何时复得邀游于此古都乎？读此《燕京岁时记》，种种景象，皆宛在目前。然而远矣！唯有在梦中重温一过耳。被迫去平者多矣，远适川滇者尤多。殆皆与余有同感。痛饮黄龙之日，当是我辈重聚古柏下、芍药旁，谈天说地之时也。

今吾集　笔云集

钱曾撰　各一卷一册　旧抄本

余夜睡甚早。于微酣后，尤具"吾醉欲眠君且去"之概，不问客为何人也。盖疏懒成性，早眠早起惯矣。昨夜，乃乾来，挟以与俱者为钱遵王《今吾》《笔云》二集。余一见狂喜。兴奋异常，竟谈至深夜。此二集为旧抄本，亦间有后来补抄之迹，中有牧斋字者必加涂乙或挖去。但不知何人，又以朱笔补入。可见此抄本必在牧斋文字被厉禁之前。原诗更有涂改处，字迹苍老，极类遵王手笔。则原本殆是遵王之稿本欤？询价颇廉，遂收之。细细翻读，殊为得意。遵王诗文极罕见。于《读书敏求记》及《述古堂》《也是园》二书目外，几无他作可得。牧斋《吾炙集》以遵王之作为压卷，然《吾炙集》向亦仅有抄本传世，且所选毕竟寥寥。今一日而并得此二集，得诗近二百首，不可谓非幸事！遵王为牧斋侄孙，绛云灾后，牧斋所蓄，几尽归之遵王。后来，遵王又悉售之季沧苇。其《读书敏求记》及《述古》《也是》二目所载，多绛云旧物；沧苇之目又多是遵王旧物。渊源有自，授受之迹犁然可见。古代文献，历劫仅存，其保存维护之功，殊不可没。然牧斋殁后，有柳如是身殉之变，遵王受谤最甚，几不为乡人所齿。其诗文之不传，或以此故欤？遵王之诗，以《述怀诗四十韵呈东涧先生》为最传诵一时。"感极翻垂涕，衔悲只自知。颛愚象品藻，侗直荷恩私。"感恩之深，溢于言表。"谤伤殊可畏，欲杀又何辞。俗子添蛇足，狠奴窃虎皮。"是在牧斋生前，已腾谤一时。牧斋答以："牛角从他食，鸡窠且自全。""敢谓斯文付，私于老我便。"解之，亦以勉之也。《遵王集》凡八，已刊者有三集，未刊者有五集。然已刊之本，今亦绝不易得。诸家书目皆无之。余今得此二集，传布之责，当肩之不疑。

批点考工记

元吴澄考注　明周梦旸批评
二卷二册　明万历刊本

　　明人批点文章之习气，自八股文之墨卷始，渐及于古文，及于《史》《汉》，最后，乃遍及经子诸古作。《批点考工记》亦此类书之一也。余于中国书店书堆中得之，颇罕见。首有万历丁亥十一月郭正域序。周氏批语，列于上栏。吴澄考注，则列于每节正文后，皆加以"吴氏曰"三字，体例尚谨严。所评多腐语，点亦无聊。正文间之附评，所谓"句法""字法"等，则直以此古代文献作为"八股文章"应用矣。

闵刻批点考工记

二篇一册　明末闵氏朱墨刊本

　　明末湖州有凌闵二氏，刊书均甚多，且均是以朱墨二色或三色四色套印者，世号曰"闵刻"，而凌氏之名竟被湮没焉。大抵闵氏所刊以经史子集等读本为主，而凌氏则多刊小说、戏曲。近来收"闵刻"书，成为一时风气，北方有陶兰泉氏，南方有周越然氏，皆收集闵刻书近百种。陶氏书后售予某军人；越然书则大都烬于"一二八"之役。今此类朱墨本，坊间亦不多见，见亦必索高价。然闵刻读本，虽纸墨精良，实非上品。每每任意删节旧注，未可称为善本。余既得周梦旸《批点考工记》，复于某肆架上，取得闵刻本《批点考工记》一册，以其索价不昂，收之。顷灯下校读二本，于闵刻本之不尽不实处竟大为惊诧，闵本首亦为郭正域序，但删去序末"吾楚周启明氏为郎水部，品藻记文而受之梓。夫所谓在官而言官者乎？郎以文章名。所品藻语，引绳墨，成方圆，进乎披矣。有所著《水部考》行于世。则冬官之政举矣。请校《周礼》，吾从周"等四十五字。复易"卷"为"篇"，并不标出吴澄及周梦旸之名，于"考注""批评"及"音义"均任意删改变动。若余不先收得周氏刊本，直不知"批点"出于周氏手而"考注"之为吴澄著也。闵刻书之不可靠，往往如是。世人何当以耳代目乎？

焦氏澹园集

明焦竑撰 存四十一卷十二册 明万历间刊本

焦竑《澹园集》列清代禁书目中，故极不易得。余久访未得全本，乃收此残本。竑门人许吴儒题云："澹园先生所著，多不自惜。顷直指黄云蛟公欲刊布之，乃稍稍检括，裁什二三耳……先是，有《焦氏类林》八卷、《老庄翼》十一卷、《阴符解》一卷、《焦氏笔乘》六卷、《续笔谈》八卷、《养正图解》二卷、《经籍志》六卷、《京学志》八卷、《逊国忠节录》四卷，业行于时。《东官讲义》六卷、《献征录》一百二十卷、《词林历官表》三卷、《词林嘉话》六卷、《明世说》八卷、《笔乘别集》六卷，尚藏于家。余刊行文字书籍，托名者众，识者自能辨之。"后《献征录》亦已刊行，然亦甚罕见。按目卷四十二至卷五十九为诗词及《崇古堂答问》《古城答问》《明德堂答问》。此本共佚八卷，幸"文"均全，仍甚有用。

新锲诸家前后场元部肄业精诀

明李叔元辑　　四卷

明万历三十年建邑书林存德堂陈耀吾刊本

此为习举业者应用之陋书也。当时此类书必多，然今则已甚罕遇矣。分元、亨、利、贞四部；元、亨二部皆述八股文作法；利部为"分类摘题偶联"，并附诸家论作八股文法。贞部则为"作论要诀"及"诏诰表统论"，作"判""策"要诀，而以"王凤洲先生诗教"为结束。论述八股文及"表""策""试帖诗"之作，本不多，此犹是明人所集，故虽陋书，亦收之。

三侬啸旨

清嘉定汪价著　五册　清康熙十八年刊本

《三侬啸旨全集》凡二十六册，已刻者仅此五册，自第六册《登高小牍》以下均未刊。尚有外集《中州杂俎》三十五册、《侬雅》四册、《增定阳关图谱》二册、《人林题目》八册、《蟹春秋》一册、《俗语三绝倒》三册、《妙喜老人琐记》四册亦均未刻。此未刻诸册，今当均已佚去，不可得睹矣。此五册为：（一）《七十狂谈》，自《三侬赘人自序》以下杂收诗、词及文数十篇。（二）《天外天寓言》，自《郭将军传》以下，凡录文二十一篇，诗词二十七首，"文多假借，语杂诙谐"。（三）《书带草堂弄笔》，录《广自序》一文。（四）《上元甲子百八吟》。（五）《半舫词》。价字介人，盖老不得志者，故多牢愁语，明末人积习至此尚涤除未净。价尝被聘总纂《江南通志》，为其生平最得意事。故于《自序》中琐琐言之。"一生落拓，不谙家计。操家秉者，早年有父，中年有妻，晚年有子。介人晏然衣食而已。"其一生，殆一典型之有产士大夫生活也。衣食无忧，唯未衣紫腰金。以此缺憾，乃发为牢愁之言。

刘随州集

刘之驷校宋本　五卷一册

余与公鲁有一面缘。公鲁辫发尚垂于脑后，世目为"遗少"。家富藏书，然聚学轩所藏，亦渐散出易米。前岁，苏州遇大劫，公鲁竟以身殉城，余甚伤之！公鲁殉难后不久，所藏乃全部为平贾辈所得，多半辇之北去。余无意中于来青阁得公鲁校之《刘随州集》一册，亟收之，以志永念！底本系《全唐诗》，首有公鲁四跋。封页题云："以北宋活字本略校一过，公鲁记。"跋云："此《刘随州诗集》，序云：集十卷，内诗九卷。今编诗五卷。而北宋胶泥活字本则诗十卷，而诗反较此为少。今据宋本校勘。凡宋本有者，皆以朱笔圈出，并记异同于眉。但以债所迫，将鬻宋本于人。而购者急于星火。匆匆一校，未能详也。可叹！可叹！戊辰六月十七日公鲁记。"此宋本今不知流落何方。公鲁云："宋本每半页九行，行十七字。"疑仍是明初活字本，非宋本也。其行款与明初活字本诸唐人集正同。

梅岩胡先生文集

宋胡次焱撰　十卷二册

明正德间刊本

　　宋明人集佚者多矣！余前于汉文渊得成化本明汤胤绩《东谷遗稿》二册，甚自喜。兹复于中国书店以廉值得正德本《梅岩胡先生文集》十卷二册，尤为得意。此是罕见宋人文集之一也。诸家书目皆无之。卷一至八均为文，仅卷六有诗数篇。卷九为诸家次韵之作，及洪杏庭《梅岩胡先生传》，卷十为曹弘斋（名泾）致梅岩书四通；尚有第五通以下，因末数页已阙，不可得见，且未知究竟有若干通。"文集"末附友辈赠诗与文者，颇罕见；杨冠卿《客庭类稿》末亦附有时人书启及赠诗，殆宋人之风气如是也。次焱字济鼎，号余学，又号梅岩，婺源人，登咸淳四年进士第，授迪功郎湖口县主簿，改授贵池县尉。德祐乙亥，微服归乡。以《易》教授乡里，后学来集者常百许人。金华胡长孺跋其诗曰："宋疆于淮，重兵在山阳、盱眙、合肥，池岸江域，恶渠隘浅，荷戈不满千人。兵未及境，都统制张林，潜已纳款降附。与异意，辄收杀之。当是时，济鼎为附城县尉贵池，羸尪弓手数十百人，势不得独婴城。家寒亲羞，无壮子弟供养。隙张出迎，托公事，过东流县，作冢于道周，书木为表识曰：贵池尉死葬此下。用杜张猜疑，令不相寻迹。"是梅岩乃宋遗民也。高尚其志，不屈身于强者。此集诚宜刊布表彰之。

花镜隽声

明马嘉松选定　存九卷二册　明刊本

余前得马曼生《花镜隽声》八卷于北平，自汉魏诗至历朝词均全，自以为系全书矣。顷复于中国书店得残本二册，第一册为卷一至卷四，卷五以下缺。第二册复为卷一至卷六（中阙卷五），却系明诗，为余本所无。乃复收之。卷六以下仍阙佚。相隔数年，得之两地，仍未能配全，一书之不易得有如是乎！诚非纨绔子弟、富商大贾辈之封书于架上，徒以饰壁壮观者所能知其艰苦也。明人喜刻宫闺诗。然多为选本，每不足重。周履靖尝刻《十六名姬诗》，最为美备。此亦一选本也，不殊于他选，唯选明诗特多，每有本集已佚者。得之，亦足资论明代诗者之考镜。按《北平图书馆善本书目》（卷四）载：《花镜隽声》十六卷。则此本明代部分亦是八卷，佚去者为第七及第八卷。

牧牛图颂

释袾宏辑　不分卷一册

明万历三十七年刊本

万历刊本《牧牛图颂》，余未之前见。康熙翻刻本，世已稀有。今所传本，皆是乾隆间所刻者。陶兰泉氏石印本亦是从乾隆本出。余尝得一乾隆本于北平。顷济川自杭回，得此万历本，即送至余所。彼甚得意，余亦甚喜。虽索价甚昂，竟收之。图凡十：未牧，初调，受制，回首，驯伏，无碍，任运，相忘，独照，双泯。图之下方各附普明禅师颂一篇。末另附十颂，自寻牛至入尘，唯无图。写刊俱精，虽寥寥十许页，而意境无穷。此种单行薄帙，最易散佚。得者能不宝之乎？作者深隐禅机，所谓"牧牛"，盖象征"学道"之历程也。"人牛不见杳无踪，明月光寒万象空。若问其中端的意，野花芳草自丛丛。"意不难知。

圣谕像解

梁延年辑　二十卷十册
清康熙二十年承宣堂刊本

此书有道光间广东翻刊本，刊者为叶名琛父志诜，其精工处几可乱真。然细较之，则原刊本之精美仍自见。坊贾于此类书素卑视之，不索高价。近以版画书颇有罗致之者，乃亦竟有以叶刊本去序伪作原刊者。余数遇之，皆未收。曾见一原刊本于北平，又见一本于中国书店，均未之购。去岁，以印行《版画史》，乃欲得一本。急切间各肆皆无有。汉文渊有一本，为平贾所得。闻是开花纸初印者。价不过三十金。急追迹之，则已辇载北去。姑购一叶刊本归，孙实君闻予欲得是书，乃自平寄一本来，竟索价至一百金以上，遂退还之。济川自杭返，携有此书及《牧牛图颂》；同时并得之，所费亦仅三十余金。按《圣谕》凡十六条，自"敦孝弟以重人伦"至"联保甲以弭盗贼，解仇忿以重身命"，凡一百十二字，梁氏乃衍为二十卷，仿《养正图解》及《人镜阳秋》为之图说。异族帝王，防闲反抗，无微不至。此《圣谕》十六条亦"防闲"之一术也。"像解"是为虎添翼、助纣为虐之作。殊恶之，姑取其图耳。

洹　词

明崔铣著　十二卷十二册　明嘉靖间刊本

　　《洹词》为明人集中最易得者之一。此本刷印甚后，颇不佳。得于福州路某书摊。以其价奇廉，故收之。有"知不足斋"及"江夏徐氏""徐恕"诸藏印，盖从徐行可许散出者。崔铣力排王守仁之学，为嘉靖间一大政治家。此集编年排比，分为《馆集》《退集》《雍集》《休集》及《三仕集》，颇可考见时事得失。

滟 滪 囊

李馥荣编辑　五卷六册　清道光间欧阳鼎刊本
末附《欧阳氏遗书》一卷

　　通行本《滟滪囊》皆不附《欧阳氏遗书》。此道光刊附《遗书》本，不多见。余颇欲多收明末史料书，乃于文汇书局得此本，同时并得《史外》一部。叙蜀中张献忠事者有《蜀碧》。但未必是信史。受难者肝脑涂地，粉身碎骨，读之，无殊人屠兽场，令人戚然寡欢。《滟滪囊》所叙始崇祯六年，迄康熙二年。刘承莆序云："曾见二三父老，聚饮一堂，述其乱离之况，闻者莫不心胆堕地。或老而劓刵者，曾遭摇黄劫者也；或老而缺左右手者，曾遭张献忠劫者也。"呜呼，亦惨矣！《欧阳氏遗书》为欧阳鼎之高祖欧阳直所著；直事见《滟滪囊》，身死明季之难。未死前，曾将身所经历，撰《纪乱》一书，即此《遗书》是也。目睹身经者之所述，自较"采辑"者为更动人。内忧外患，几无代无之，而于明季为最烈。论述国史者，于农民起义时之背景与心理，必应有极确切之分析也。

农桑辑要

明胡文焕校补　七卷　明万历二十年刊本

农、桑一类书，与《本草》诸书同，均甚有实用。唯诸家书目所载，均以农桑之作为最鲜。宋邓御夫隐居不仕，作《农历》二百卷，较《齐民要术》为详。其书不传。元王祯作《农书》，乃今所见"农桑"书中，于《农政全书》外之最详备者。元刊本今并一页未见。明嘉靖时有刻本。四库馆臣未见此刻本，却从《永乐大典》中辑出之。此《农桑辑要》七卷为元世祖时司农司所撰，颁之于民。今刻本亦极罕见。余于传新书店得此胡文焕刊本，亟收之。自"农功起本""蚕事起本"至"孳畜""禽鱼""岁用杂用"，凡种殖之事无不毕备。惜胡氏不翻刻原本，而仅以《农桑通诀》（即王祯《农书》）诸书为之"校补润色"，未免减色耳。明人刻书之不可靠，于斯可见。

何大复集

明何景明著　三十八卷十二册　明嘉靖间刊本

《大复集》亦明人集中之易得者。余顷于来青阁见一部，以其廉，收之。此本曾经火厄，每页均缺其右角，唯已抄补完全。景明与李梦阳同为"前七子"之柱石。梦阳之作，赝鼎也，景明则有自得之趣。薛君采云："俊逸终怜何大复，粗豪不解李空同。"殆是定评。

月壶题画诗

上海瞿应绍著　不分卷一册　清道光间刊本

应绍字子冶，天才清逸，擅能三绝。所作诗，芊绵温丽，出入玉溪、飞卿之间；而其题画诸作，尤清新可喜，"诗中有画"。陶兰泉尝以此本付之石印。余顷于中国书店得此原刊本，甚是得意。余喜王、孟之作；于明诗中，则喜石田、六如，皆以其诗中有画也。朱氏《明诗综》多窃牧斋《列朝诗集》，不足道，而其多收六如题画诗（多本集佚去者），则深为余所爱好。子冶诗，若"红林碧草写霜天，隔岸斜阳客唤船。最喜秋光似春色，白苹花外一溪烟"，若"墨痕淡极如含雾，竹粉香时欲染衣。记取春三游屐处，一山寒绿雨霏微"，若"冷云吹树树当门，恐是江南黄叶村。落日在林风在水，满山空翠湿烟痕"诸绝，皆隽妙。

惠山听松庵竹炉图咏

清吴钺辑　四集一册　清乾隆二十七年刊本

友人某君为余得此本于平，附图四幅，极精良可喜。乾隆三次南巡，皆经惠山，曾题此卷。诸画为秦文锦所临，书简者则为吴心荣，均佳妙。第一图为九龙山人王绂制，第二图为履斋写，第三图为吴珵写，第四图则为张宗苍所补绘。元明人真迹，传世者罕矣！得此摹本阅之，亦慰心意。邹炳泰《午风堂丛谈》（卷五）云："乾隆己亥，是卷为邑令邱涟取入官廨，不戒于火。名山巨迹，了无一存。大吏奏入。皇上于几暇亲洒天笔，为作第一图，复命皇六子补第二图，贝子弘昑补第三图，侍郎董诰补第四图，御制诗章冠于卷首。于每卷图后，补录明人序疏诗什，依其原次，以还旧观。"按此本刊于乾隆壬午（二十七年），至己亥（四十四年）而原卷烬于火。存此摹刻之本传世，犹依稀可见古作之面目，幸矣！

春 灯 谜

明阮大铖撰　二卷四册

阮氏之《燕子》《春灯》，余于暖红室及董氏所刊者外，尝得明末附图本数种，均甚佳，唯惜皆后印者。陈济川以原刻初印本《春灯谜》一函见售。卷上下各附图六幅，绘刊之工均精绝。余久不购书，见之，不禁食指为动，乃毅然收之。董绶经刊《阮氏四种曲》时，其底本亦是原刻者。原书经董氏刻成后，即还之文友堂；后为吴瞿安先生所得。瞿安先生尝告余云：董本谬误擅改处极多，他日必发其覆。今瞿安先生往矣，此事竟不能实现！原本仍在川滇间，他日当必能有人继其遗志者。余今得此本，如有力时，当先从事于《春灯》一剧之"发覆"也。忆瞿安先生藏本，插图均夺去。独此本插图完整无阙，尤足珍也。余去岁售曲数十种于守和，"曲藏"为之半空。今乃复动收"曲"之兴，殊自诧收书之志，虽历经挫折而仍未稍衰也！守和云：君年力正富，不患不能偿所"失"。余深感其言。自信：若假以岁月，余之"曲藏"，诚不患其不复能充实丰盛也。

十竹斋笺谱初集

胡曰从编　四卷四册　明崇祯十七年刊本

　　余收集版画书二十年，于梦寐中所不能忘者唯彩色本程君房《墨苑》，胡曰从《十竹斋笺谱》及初印本《十竹斋画谱》等三伟著耳。去岁暑中，因某君介，从陶兰泉氏许，得彩色本《墨苑》，诧为难得之奇遇！十载相思，一旦如愿以酬，喜慰之至，至于数夕不能安寝。《十竹斋画谱》坊肆翻刻本甚多，均粗鄙不堪入目。初印本几绝迹人间。北平图书馆前曾得初印本数册，余极健羡之。孝慈生前，亦尝从琉璃厂文昌馆中某肆，得开花纸初印本三册。余出全力与之竞，竟不能夺之。后乃以十年前在杭肆所得《汪氏列女传》初印本二册与孝慈易得《竹谱》一册。又从刘贾处得白绵纸（明末之最初印本也）印《石谱》二十余页。乃亦自诧幸运不浅！至《十竹斋笺谱》则仅获于某君处一睹之。亦孝慈物也。矜贵之至，不轻示人。然余终能设法借得，付之荣宝斋翻刻。刻至第二卷，孝慈卒；复与其嗣君达文、达武商，欲继续刊刻。唯孝慈家事极窘迫，不能不尽去所藏以谋葬事。《笺谱》遂归之北平图书馆。余知孝慈书出售事，尝致北平诸友，欲得其《笺谱》，但余时亦在奇穷之乡，虽曰欲之，而实则一钱莫名，并借贷之途亦绝。即达文愿见售，实亦无力得之也。幸此本终归公库，并承守和慨允续借，刊刻之工得不至中断。兰泉原亦藏有《笺谱》一部，惜已于十年前付之某氏，并他书数十种售于日本文求堂。田中君出书目时，《笺谱》竟在"目"中，且标价仅五百元。余乃作函田中，欲得之。十日后，得复函，乃云：已售去。实则，彼已自藏，不欲售出也。余叹息不已，深憾无缘。后晤兰泉于天津，尚再四致叹于此书之外流不已！已闻上海狄氏处亦藏有一部。然不可得见。二月前，徐绍樵来告云：淮城一带有《笺谱》一部可得。余闻之狂喜！力促其设法购致。然久久未有消息。每过传新，几无不问及此书。绍樵云：必可得。得则必归之余，无他售理。后微闻他贾云：此书不全，仅存半部，且为黄纸印者。余私念：即得半部乃至十数页亦佳。然久未见其送来。日夜忐忑不宁，唯恐其不能得，或得之而已为有力者负之而趋。生平患得患失之心，殆无有逾于此时者。余久不购书，然于此书，自念必出全力以得之。盖余于此书过于著意，将得而复失之者数矣。此次如再失之，将无再逢之期！微闻他书已运到，然《笺谱》则仍无音耗。几日至传新，丁宁追询。绍樵云：尚未到。到则必为余留下。闻之，心稍慰。昨日微雨绵绵，直类暮春，艰于外出。绍樵突抱书二束至。匆匆翻阅，《笺谱》乃在其中。绍樵果信人也，竟为余得之！且四册俱全，各册之篇页亦多未佚去，（唯佚去第二册之"如兰"十幅）足补孝慈藏本之阙页不少。并彩印本《花史》一册，顾曲斋刊《元曲》二册，索六百金，价亦不为昂。余乃欣然竭阮囊得之。时距余得彩印本《墨苑》恰为一岁余也。生平书运之佳，殆无逾于此二年者。虽困于危城劫火之中，亦不禁为一展颜也。而于绍樵则至感之！此本《笺谱》为黄绵纸印。忆孝慈本亦是黄绵纸者，恐人间未必有白绵纸本耳。一灯如豆，万籁俱寂，深夜披卷，快慰无极！复逐页持以与余翻刻本对读，于翻刻本之摹拟入神处，亦复自感此番翻刻之功不为浪掷也。

彩印本花史

明□□□辑　残存二卷一册

徐绍樵知余喜收版画书，有所得，必售于余。然数年以来，竟无一佳品。此次既为得《十竹笺谱》四册，复俪以《花史》一册，亦彩色本。此册未知为谁氏所辑，且复是后印者，彩色模糊，欠鲜妍明快。然典型犹在，可推见初印本之必神彩焕发。虽名《花史》，实"花卉谱"也。残存"秋"花谱二十页（第六十一页至八十页），"冬"花谱二十二页；每页先列彩色印之"花卉"图，后附简略之说明及种植法。意必分为"春""夏""秋""冬"四卷。每卷后，并附古今人诗若干首。然作者多谬误，"冬集"之首，冠以"南国有嘉树"一诗，乃署曰"唐梅圣俞"，可见明人考证之疏陋。然余仍深喜此书。虽残，亦收之。不仅以其罕见，且亦为余版画书库中增一光辉也。绍樵云：忆昔年曾以此书一册，售之周越然氏，不知能补配得全否。他日当持此册与越然所藏者一印证之。

稗海大观

　　商濬《稗海》为甚易得之书。其版片殆至清代犹存，故刷印甚多，流传颇广。唯初印本却极难得。余尝于中国书店以廉值得《稗海》（缺《龙城录》一种），顷复于石麒案上，见有明刊白绵纸书一堆，题作《稗海大观》者。平贾阴宏远正在翻阅，云：似是《稗海》零种。余略略一阅，即惊其为罕见之秘籍。即告石麒云：余欲得之。数日后，全书送至。即与《稗海》细校，果为初印本之《稗海》；无续编，且中阙数种，然无伤也。《稗海》之初名《稗海大观》，实无人曾论及者。首册且多出"序""凡例"及编校姓氏等；此种重要之"文献"，后印本皆已佚去。"总校"之钮纬（字仲文，浙江会稽人），即明代有名之世学楼主人，藏书极富。《稗海大观》中各书，殆皆出于钮氏之藏。"分校"为商濬及陈汝元二人；故各书或题濬校，或题汝元校不等。"同校"为谢伯美及钮承芳。承芳殆亦世学楼之裔也。"总校"中尚有陶望龄，则为当时之名流，亦会稽人。濬序云：

余尝流揽百氏，综核群籍，自六经语孟之外，称繁巨者莫逾左右史。然周秦而上，其说芒芴杳昧，练饰诡诞，缪戾圣轨。周秦而下，风气日开，人事日众，骇于听荧者不胜夥矣。故周志晋乘，郑书楚杌，与尼父麟笔，并垂霄壤。离是而还，龙门世授，班氏家承，其文艺体裁，为百代称首。历世沿袭，类相仿效。大都才望名位，俱表表人伦。虽极之舆统崩析，方策零落，然先后嗣续，掇拾修纂，终无泯灭。第势殊时异，叙议参商，则有或僭或散，或褊纤索米，或秽黩贿成，即正史犹未足冯据。于是有虞初、稗官之谭，下俚、齐东之语。书不出于兰台，籍不颁于实录，职不列于金马。人抒胸臆，置丹铅，亦足识时遗事，垂示后人耳目所不及。盖礼失而求诸野也。即是非褒贬，不足衮钺当世，而缥缃坐披，景色神照，则亦博古搜奇者所不可阙。惜乎书隐辞偏，宣播弗广。昔子云《太玄》，以禄位不逾中人，仅给覆瓿。此辈简编杂逯，湮没无闻者，要不止什而八九矣。吾乡黄门钮石溪先生，锐情稽古，广搰穷搜，藏书世学楼者，积至数百函，将万卷。余为先生长公馆甥，故时得纵观焉。每苦卷帙浩繁，又书皆手录，不无鱼鲁之讹。因于暇日撮其记载有体、议论的确者，重加订正。更旁收搢绅家遗书，校付剞劂，以永其传，以终先生倦倦之凤心。凡若干卷，总而名之曰《稗海大观》。夫珍裘以众腋成温，大厦以群材合搆。海之所以称巨浸者，为不择细流也。方其滥觞浸润，杯勺尔，蹄涔尔，行潦尔。卒之，赴溟渤，达尾闾，汪洋浩淼，于是乎望洋者向若，蠡测者反步，观水毕是，始无余观矣。今兹集也，就一书观之，所载方言，所谭阶除，所诧愕者幽异，诚不齿圣贤绪余。然合而数之，上下千百载，涉阅百端，牢笼百态。从汉魏以下，种种名笔，罔不该载，谓之《稗海大观》也固宜。夫天壤间杀青搦管，充栋汗牛，讵敢云稗史尽是。然较之蹄涔行潦，抑有间矣。漆园叟有言：自细视大者不尽，自大视细者不明。乃余之惧选不尽耳，若夫明不明，则以俟诸达观者。万历壬寅秋桂月望日会稽商濬书。

凡例：

一、古今小说无下数百家。是集悉获之钞本。其旧刻二十家，四十家，并《说海》等书所收，并不重载。即钞本中又必拔其尤者。而碌碌无奇则罢去之。间有散见诸书，未经盛行者不妨收入，以免遗珠之叹。

二、小说体裁虽异，总之自成一家。好事者往往摘而汇之，取便一时观览。而挂一漏万，遂使海内不复睹其全书，良可惜也。是集一依原本校刻，不敢妄有增损。

三、是集几经钞录，亥豕虽多，而又苦无善本可校。姑以意稍订其易通者。而不可意通者，则阙之以存其旧。俟高明者厘正焉。

四、是集所录诸家，各以世代为序。而一代之中，非巨卿名士，无从稽考，不无一二紊淆。其原本不著姓氏者，则分附各代之后。

五、是集俱出前代名贤之手，足与六籍并垂。我明人文丕振，非直理学经济，超轶前修，而小说家亦极一时之盛。当博采续梓，庶称合璧云。

山阴陈汝元谨识。

潘序及汝元之"凡例"均为后印本《稗海》所无。

忠义水浒传

施耐庵集撰　罗贯中纂修
存卷之十一一册　明嘉靖间刊本

　　此《忠义水浒传》虽是残本，余殊珍重视之。亡友马隅卿尝语余云：鄞县大酉山房林集虚处，有残本《水浒传》一册，为友好零星索取，仅存二页。此二页后为隅卿所得。余尝假得影洗数份，为研究中国小说者之参证。即此嘉靖本也。今得此一册，诚足偿素愿矣。此册为第十一卷，存第五十一回至五十五回。原书当以五回为一卷，全部当为二十卷，一百回。卷端题"施耐庵集撰，罗贯中纂修"，虽与高儒《百川书志》所著录者略异，然儒所见，或当即此本也。明刊本小说，传世最为寥寥。盖通俗读物，阅者众多，最易散佚；而藏家亦绝不加以保存，每听其湮没无闻。而所存诸本反可于海外得之。近二十年来，着意收购者渐多，而书亦渐出。嘉靖本《三国志演义》，曾于沪肆获见一部，由涵芬楼影印行世。我辈得之，诧为希世之珍秘。后在平，乃数遇之。万历刊本《金瓶梅词话》，我辈方于日本得残页七张，亦大喜过度，竞加影洗。不意一月后，乃于文友堂获得全书。独《水浒传》则遍访不获。虽获二残页，仍于研究少所裨助。余今得此，足以傲视诸藏家矣。惜隅卿墓木已拱，未及见此，可痛也！曾持此与李玄伯先生重印百回本《水浒传》校读一过，正文歧异甚少，唯此本每回有引"诗"，李本皆删去。如第五十一回，此本有"诗曰：龙虎山中走煞罡，英雄豪杰起多方。魁罡飞入山东界，挺挺黄金架海梁。幼读经书明礼义，长为吏道走轩昂。名扬四海称时雨，哕哕朝阳集凤凰。运蹇时乖遭迭配，如龙失水困泥冈。曾将玄女天书受，漫向梁山水浒藏。报冤率众临曾市，挟恨兴兵破祝庄。谈笑西陲屯介胄，等闲东府列刀枪。两赢童贯排天阵，三败高俅在水乡。施功紫塞辽兵退，报国清溪方腊亡。行道合天呼保义，高名留得万年扬。"李本即无之。此本无征田虎、王庆事，故此诗亦不提田、王。正文中这诗篇，被删去者亦多。今所知之《水浒传》，此本殆为最古、最完整之本矣。书贾朱某以五元从地摊上得之。后辗转数手，归中国书店。余以一百二十金从中国得之。以一残本，而费至百金以上，其奇昂殆前人所未尝梦见者。

玉霄仙明珠集

明苏台吴子孝刊　二卷　明嘉靖三十六年刊本

　　明刊本明人词集最为罕见。《四库全书》一部未收，仅于"存目"著录瞿佑《乐府遗音》、吴子孝《玉霄仙明珠集》及施绍莘《花影集》三部。此《玉霄仙明珠集》二卷，首有"翰林院"印，并有乾隆三十八年十一月浙江巡抚三宝送呈印记，盖即四库馆臣所见之本也。子孝字纯叔，长洲人，官至湖广布政司参议，后罢职家居。文集未见。此词集首有顾梦圭序。梦圭称其"意态流动，似艳而实雅，无一语蹈袭前人"。实则语语平实流利，不甚着力，又多寿词，大类夏桂洲词，尤不及刘伯温也，集中《定风波》四首，多感慨语，似是述怀之作。"伊吕勋名曾梦想，怅望，不如沉醉卧花茵。"盖"横罹谗忌"后之作也。

文山全集

宋文天祥撰　二十卷十册　明万历刊本

　　余尝重印文山《指南录》，所用底本，为明末所刊者。惜无他本可校。兹于中国书店得此《文山全集》，甚觉高兴！尝持此本中《指南录》及《指南后录》（第十三及十四卷）与余所印者对校一过，二本互有详略，次第亦有不同处。当非出于一源。某氏处藏有宋末刊本《文山集》，惜未得借校。

袁中郎先生批评
唐伯虎汇集　　四卷
又外集　　　　一卷

明唐寅著　万历刊本

伯虎诗文真率自然，间有浅易语。然大体皆隽妙。余初得清刊本《伯虎集》，不知何时失去。劫中又得一部。然遍访明刊本未遇也。后从王贾许得万历刊本《外集》一册，《外集续编》二册。取校清刊本，几皆已收入，无甚遗漏。顷又于朱惠泉处得此袁中郎批评本；虽名《汇集》，诗文杂著，反不及清刊本之多。中郎云："子畏小词，直入画境。人谓子畏画笔之妙，余谓子畏诗词中有几十轴也。特少徐吴辈鉴赏之耳。"所见正与余同。余所深喜者乃子畏之题画诗也。

牡丹亭　还魂记

明汤显祖编　二卷　明万历刊本

自臧晋叔改本《还魂记》出，而《还魂记》失其真面目矣；自冰丝馆刊本《还魂记》出，而《还魂记》遂无全本矣。何若士之多厄也！余旧有万历间石林居士本《牡丹亭》《还魂记》二册，为独得其真，甚珍示之。此本版片，至明清间似犹在人间。歙县朱元镇尝得版，重加刷印。朱印本虽较模糊，然流传颇广；唯去石林居士序，并于题下多"歙县玉亭朱元镇校"数字为异耳。不知者皆误为朱氏重刊本。余曾得此本数部，皆破蛀不全。叶铭三顷以此本见售。以其独为完整不阙，复收之。

胭　脂　雪

清盛际时撰　二卷　存下卷二册

清内府四色写本

余收得升平署钞本剧曲不少，唯无若此本之精钞者。此本"曲牌名"以黄色笔写，"曲文"以黑色笔写，"白"以绿色笔写，"科"以红色笔写，眉目极为明晰。自第一出，首尾完全，故坊贾逐页挖去"下卷"二字，冒作全书。其"上卷"当亦是从第一出至十六出也。此戏昆弋二腔杂用，每出用何腔，皆于出目下注明，可见清初昆弋二腔均流行甚广。故王正祥等既辑《十二律昆腔谱》，复辑《十二律京腔谱》也。

陶 然 亭

吴下习池客填词　不分卷一册　稿本

　　清人杂剧每喜用实事为题材；作者自述之作尤习见不奇。徐爔之《写心杂剧》，即全部以自身之琐事为题材者。此剧亦写实事。正名云："乐升平车马清明节，会文武诗射陶然亭。"作者自署"吴下习池客"，实为许名仑之别署。名仑字访槎，许廷铼之侄，尝客纳兰常安履坦许，故履坦尝为其《梅花三弄》作序。《梅花三弄》仿沈君庸《渔阳三弄》而作，写范少伯、蔡中郎、陈季常事，惜不传。

卷 石 梦

吴下习池客填谱　不分卷一册　稿本

正名云："古虎丘改瘗碧鬟仙，来鹤楼感现卷石梦。"所叙者为刘碧鬟事。碧鬟为乾隆时吴人盛传之乩仙。满纸荒唐言，实不足存。以为其稿本，姑收之。

新刻金陵原版易经开心正解

四卷四册　明万历间闽建书林熊成冶刊本

　　首有熊成冶序云："近太史鲁象贤家，亲笔课儿《易经正解》，不泛不略，不艰不诡，字字启发，句句明莹，诚初学之芳规，为举业发轫之门路也。"首卷为《易经各色考实》，凡十一页，皆是插图。每页分三栏，亦尚存古意。余则以其图而取之。斯类童蒙读物，最易散佚。余收购二十载，所得亦不过二十余种耳。诸藏家殆皆未见，即见，亦未必收。然收之，于论述近古童蒙教育者，或不为无用也。

新锲翰府素翁云翰精华

十二卷六册　明万历间熊冲宇刊本

　　熊冲宇名成冶，即镌《易经正解》者。熊氏在闽建书林中，刊书甚多；通俗应用书及童蒙读物所刊尤夥，此书为供民间实际应用之尺牍，与元刊本《翰墨大全》颇相类。分上下二栏，各为六卷。自启札、行柬、庆贺至"名公文翰"，所收颇多。上栏第五卷为"拦门诗"（有祝赞及撒帐诗句）及对联。下栏第一卷为"文公冠礼考证"，余皆柬牍也。

新锲两京官板校正锦堂春晓翰林
查对天下万民便览

明邓仕明修编　四卷一册
明万历间闽建书林陈德宗梓行

　　此闽建坊贾所刊通俗应用书之一。每卷之首，附插图一幅，作风同当时闽肆所刊他书，而颇精善。明人诗联之书颇多。经厂刊本有《对类》，李开先有《拙对》，大都皆供诗人抉择之用。唯此书所录，多为宅舍、庆贺、祭吊、游赏时景之用，则当是实际上民间之应用书也。每页分上下二栏，尚存古风。多收时人之诗，亦一特点。第一卷之前数页及末卷之最后若干页已佚去。余向收此类通俗书不少，且以其有图，故竟以五十金购之，亦豪举也。

鼎镌校增评注五伦日记故事大全

四卷　明万历十九年闽建书林郑世豪刊本

《日记故事》为童蒙读物之一，不知为何人所撰。今所见最古本为嘉靖时所刊者。余旧藏一嘉靖本，上图下文，亦建安书坊所刊。此本插图已是为全页大幅；可窥见闽地版画作风之变迁。首有吴宗札序。卷一题下，署"岭南亚魁约庵吴宗札□□，武夷门人海东彭滨□□"，盖坊贾好假借魁元之名以傲俗，此风建贾尤甚。此书以"生知"始，以"治国"终。"生知"凡收诗三首，其一云："问天知大志，论日岂凡材。人号张曾子，座称谢颜回。对蚕吟磨转，灌水取球来。正字讽朋党，救儿击瓮开。"每句叙一故事；句下便注明此故事，并加以评释。然亦有非"诗"者，如"君臣"类，"焚身祷雨君，伐罪吊民君""剖心直谏臣，强项尽忠臣"；"父子"类，"问安西伯子，尝药文帝子""杀鸡以奉亲，求鲤以养亲"等，然不多。晚清流行之童蒙读物《龙文鞭影》之类，殆即从此脱胎而出。

李卓吾先生批点西厢记真本

二卷　存上卷一册　明末刊本

余旧藏此本一部，卷首图像已被夺去。后又收清初刊金圣叹评本《西厢记》，首有"十美图"，甚精美，即从此本抚印者。然以不得原刊之图像为憾。孙助廉得此残本一册，秘不示人，且已寄平。余闻之，力促其寄回。乃得归余所有。图像原有二十幅，今仅存十幅有半。零缣断简，弥见珍异！刊工为武林项南洲，亦当时名手之一。

徐文长四声猿

公安袁宏道评点　不分卷　明末刊本

　　《四声猿》刊本最多，余旧所得者已有三种。此为明末刊本，首有钟人杰序。插图四幅："渔阳意气""暮雨扣门""秋风雁塞""玉楼春色"，为歙人汪修所画，意态绵远，镌印精工，惜未知镌者为何人。殆亦新安名手之作也。余旧有此本，遍觅未得，当已于南北迁徙中失去。此本初印可爱，因复收之。人杰序云："袁中郎先生未识文长名，见四剧惊叹，以为异人。海内始知有文长。此《太玄》之于桓谭也。予因得中郎所点评者，图而行之。或谓点评，词受其妍媸，不碍板乎？图奚为？图以发剧之意气也。北拍在弦而不在板，予固审所从矣。"万历以来，无剧不图。人杰固从俗也。

秦词正讹

明秦时雍撰、练子鼎辑　二卷存上卷

明嘉靖四十年刊本

秦时雍散曲，最罕见。余重印《新编南九宫词》，曾发见时雍数曲，甚以为喜。沈璟《南词韵选》亦收秦曲数首。此本虽非全帙，却为诸藏家所未见，最为珍秘。书贾从内地收得，序缺第一页之前半，中缝均已加挖改，盖欲泯上下二卷之痕迹，冒作全书也。陈良金序云："吾姻家复庵子，慧敏颖脱，博闻强识，夙负盛名，晚掇京科。宰畿县，竟以不能粉饰俯仰见绌。其居常抚景怀人，触物起兴，启口容声，即成佳韵。凡得一曲，远近争脍炙之，曰：此秦词也。但其传诵既久，泾渭混淆，识者惑焉。此崇藩归来，而《秦词正讹》所由辑也。"此上卷存套数十九，小令三十六，以赠妓闺怨之作为最多。集中《忆白兰畹》(《步步娇》套)、《之汴忆兰畹》(《甘州歌》套)、《忆王翠筠》(《步步娇》套)、《忆杜弱兰》(《二犯傍妆台》套)《张雪仙昼眠》(《啄木儿》套)、《雪夜忆雪仙》(《步步娇》套)、《寓京师寄雪仙》(《黄莺儿》套)《为高幽闺》(《山花子曲》)等，皆赠妓作也。绮腻深情，尚有元人遗风。

国朝词综补

清无锡丁绍仪辑　五十八卷　清光绪九年刊本

　　余喜收词曲书。清词选本及别集，二十年来，所得不少。唯丁绍仪《国朝词综补》一书，久访未得。后闻无锡丁氏藏有一本，亦无暇向之借钞。午后，春雨连绵，百无聊赖。友人某先生电告予云：有书贾送丁氏《国朝词综补》一书来，索一百十八金，意不欲留。知子索此书久未得，可送来否？余闻之狂喜，即告以欲得意。不数刻，书果至。盖即无锡丁氏所藏之本也。置之案头，摩挲未已。森玉先生恰在此，见之，亦甚慰悦，云：亦未见此书。价虽昂，仍勉力收之。亦词曲藏中不可阙之物也。丁氏此书，所收清词凡一千三百余家；有补王氏原书所未备者，有续王氏未及见收者，亦有仅补"词"者。弘富过于王黄二家。闽侯林氏别藏有丁氏续补八卷；无锡图书馆亦藏有丁氏手稿本三卷，皆溢出此本外。当借钞配全之。惜丁氏于原词每改易字句，又往往不注明各词所从出处；仍不免蹈明人编书之陋习。

　　上劫中所得，多为明刊小品。经史巨著，宋元善本，以至明钞名校之书，虽多经眼，却无力收之矣。书生本色，舌耕笔耘，其不能网罗散佚，汇为巨观者，势所必然。"巧取"固所不忍，"豪夺"更无可能。入春以来，书值暴涨，若山洪之奔湃，一发不可复收。我辈更无"问津"之力矣。《得书记》之着笔殆与收书之兴同归阑珊矣！虽尚有若干去岁所收之书，颇值一记者，亦竟无意于续作，不禁搁笔三叹！中华民国三十年五月十八日西谛跋。

大家

丛书目录·第一辑（已出）

大家

丛书目录·第二辑（待出）